FLÁVIA MUNIZ

Os Noturnos

2ª EDIÇÃO

© FLÁVIA MUNIZ 2003
1ª edição 1995

COORDENAÇÃO EDITORIAL Maristela Petrili de Almeida Leite
EDIÇÃO DE TEXTO Erika Alonso, Maria Odete Garcez
COORDENAÇÃO DE PRODUÇÃO GRÁFICA Fernando Dalto Degan
COORDENAÇÃO DE REVISÃO Estevam Vieira Lédo Jr.
REVISÃO Tex. To. Que Editora Ltda. ME
EDIÇÃO DE ARTE/PROJETO GRÁFICO/CAPA Ricardo Postacchini
ILUSTRAÇÕES Rogério Borges
DIAGRAMAÇÃO Staf/Ana Maria Onofri
SAÍDA DE FILMES Helio P. de Souza Filho, Marcio Hideyuki Kamoto
COORDENAÇÃO DE PRODUÇÃO INDUSTRIAL Wilson Aparecido Troque

IMPRESSÃO E ACABAMENTO Forma Certa
LOTE 11701

Dados Internacionais de Catalogação na Publicação (CIP)
(Câmara Brasileira do Livro, SP, Brasil)

Muniz, Flávia
 Os Noturnos / Flávia Muniz. — 2. ed. — São Paulo : Moderna, 2003. — (Coleção veredas)

1. Literatura infantojuvenil I. Título.
II. Série.

03-0996   CDD-028.5

Índices para catálogo sistemático:
1. Literatura infantojuvenil 028.5
2. Literatura juvenil 028.5

ISBN 85-16-03615-4

Reprodução proibida. Art.184 do Código Penal e Lei 9.610 de 19 de fevereiro de 1998.

Todos os direitos reservados

EDITORA MODERNA LTDA.
Rua Padre Adelino, 758 - Belenzinho
São Paulo - SP - Brasil - CEP 03303-904
Vendas e Atendimento: Tel. (0__ _11) 2790-1300
Fax (0__ _11) 2790-1501
www.modernaliteratura.com.br
2018

Impresso no Brasil

Agradecimentos especiais a

Maristela Petrili, pelo convite oportuno.
Hiram Ravache, por tudo que provocou.
Conde Edmundo Pellizari, pelos ensinamentos ocultos.
Álvaro Muniz, pela releitura atenta e criteriosa.
Júlio de Andrade Filho, pela sugestão ardilosa e inteligente.
E aos numerosos leitores, amigos e fãs
que enviaram e-mails e cartas com suas sugestões e
comentários para a continuidade desta história.

Aos espíritos do parque.

"No espaço entre a pessoa que fomos, quando crianças, e a pessoa que seremos, quando adultos, há uma misteriosa fase onde a alma vagueia, incerta."

5 de fevereiro, Veneza.

Da janela de meu quarto ouço os gritos dos gondoleiros. O sol se pôs há alguns minutos e a paisagem tornou-se dolorosamente bela. A cidade-labirinto emerge, soberana, um misto de fascínio e mistério. Envolve completamente os sentidos, liberta a imaginação. Nos arrebata sem pudor.

Meu olhar vagueia, inquieto, perdido nas ruelas. Por entre colunas e pontes, odores e rostos desconhecidos. Cada entardecer é um chamado. Um convite perpétuo que não se pode recusar.

Hoje sei que nada aconteceu ao acaso. Existem leis contra as quais é impossível lutar. Leis que regem a luz. Leis que regem a escuridão, de onde nunca mais se regressa.

Sinto que ele prossegue em sua busca tentando romper o abismo que nos separa... Enquanto caminho, terríveis lembranças surgem como fantasmas, assombrando minha alma.

Se eu ainda tiver alguma.

Escuridão
Lua branca infinita
Tinge meus sonhos de sangue
Braços na noite
Maldita
Sedento reclamo
Teu cheiro
Quente
Doce
Vermelho
Sinto pulsar
O calor
Feito louco
Anseio
Ar
Dor
Este poder desatina
Consome
Sufoca
Alucina
Rasante sobre
Teu corpo
Madrugada
Amada
Seduz
Lua
Brilho
Luz.

ELE PAROU NA ESQUINA DA RUA DO CEMITÉRIO E olhou a avenida, mais além. Impaciente, consultou o relógio que furtara naquela mesma tarde, no centro da cidade. Já eram quase onze horas da noite e nada de seu colega chegar.

Estava ficando nervoso com a demora. A mercadoria roubada devia ser vendida rapidamente, para que a polícia não tivesse chance de recuperá-la nas mãos dos pivetes. Contrariado, embrulhou o relógio num pedaço de papel e guardou-o no bolso de trás da calça.

A noite estava silenciosa e fria. Uma enorme lua cheia brilhava no céu. Ele lembrou-se das histórias que sua avó contava, sobre assombrações e coisas do outro mundo. Só mesmo o imbecil do seu colega pra marcar encontro ali, às portas de um cemitério.

Não estava gostando nadinha daquilo.

Um vento frio soprou de repente, fazendo-o estremecer. Ele fechou o zíper do casaco e decidiu esperar mais alguns minutos.

Ao longe um alarme de carros disparou. O som, monótono e estridente, invadiu a quietude da noite como um aviso sombrio. Ele deu uma última olhada nas ruas da encruzilhada. Nem sinal de seu amigo.

Preparava-se para ir embora quando ouviu o estranho ruído. Um som abafado, rastejante, vindo das profundezas da terra. Ali, bem próximo a ele.

Viera do esgoto, tinha certeza. *Seriam ratos?* Ratos famintos, nojentos, arrastando-se pelos subterrâneos da cidade?

Achou melhor dar o fora. Fez meia-volta e começou a descer a rua — quase correndo — em direção à avenida. Ao chegar na esquina respirou mais aliviado. A alguns metros havia um ponto de ônibus, com uma velhota solitária esperando a condução.

Ele sorriu, satisfeito. Àquela hora não havia muito movimento, poucas pessoas passavam por ali. Seria mais fácil que tirar pirulito de criança.

Enfiou o gorro de lã na cabeça e caminhou, confiante, preparado para entrar em ação.

A OPORTUNIDADE PARA AGIR VEIO DEPRESSA. ASSIM que o coletivo aproximou-se do ponto, a velhota fez sinal para atrair a atenção do motorista. No momento em que ia subir no ônibus, recebeu um forte empurrão por trás. Tentou agarrar-se ao corrimão para manter o equilíbrio, mas ele foi mais rápido. Arrancou a bolsa das mãos dela e correu pela calçada, satisfeito.

Entretanto, seu sorriso durou pouco. A viatura policial surgiu de repente, num dos cruzamentos da avenida, em sua ronda habitual. Diminuiu a velocidade ao aproximar-se do ônibus parado e, depois de segundos, já com a sirene ligada, saiu em perseguição ao suspeito.

Ele não perdeu tempo. Atravessou a rua e correu em direção ao único lugar que poderia servir de esconderijo. Certamente, àquela hora, os portões do parque estariam trancados, mas lembrava-se de ter visto um ponto onde a grade do muro havia quebrado. Seria fácil passar pela abertura, ocultar-se por algum tempo entre as sombras, para depois atravessar o bosque e sair do outro lado, vários quarteirões abaixo.

Subiu correndo a pequena rua lateral que contornava o parque, com o coração batendo acelerado no peito. O carro da polícia já dobrara a esquina e vinha a toda, decidido a alcançá-lo.

Depois de um pequeno declive avistou o ponto desejado. Reuniu toda a coragem que tinha e, rapidamente, enfiou-se pela abertura, desaparecendo na escuridão.

HIRAM ACORDOU COM O SOM DE PASSOS QUE VInha da alameda do bosque. Sentou-se, alerta. Sabia que a pior coisa que podia acontecer era deixar que descobrissem o esconderijo secreto. Certamente seus companheiros deviam estar caçando bem longe dali, caso contrário aquele intruso não se aproximaria com tanta facilidade.

Apurou os ouvidos, rastreando o mundo da superfície em busca de informações. Às vezes, um casal de namorados escolhia o parque para seus encontros românticos. Pulavam o portão e sentavam-se à beira do lago para namorar. Mas logo eram interrompidos pelo guarda-noturno, que os espantava de lá com uma bronca. Era proibido andar pelo parque à noite.

E perigoso também. Quem se arriscaria a tanto?

Intrigado, Hiram levantou-se e caminhou pelo labirinto subterrâneo até alcançar os degraus de terra que antecediam a entrada. Empurrou a pedra com cuidado e passou pela abertura tão silenciosamente quanto um gato.

Já FAZIA ALGUM TEMPO QUE ESTAVA ESCONDIDO ENTRE os arbustos. Os policiais haviam desistido da busca, mas ele decidira aguardar um pouco, antes de ir embora. Na verdade, não se sentia seguro ali. Nem um pouco seguro. Aquele lugar lhe dava nos nervos. Será que as histórias que seus amigos contavam sobre as terríveis criaturas eram verdadeiras?

Daquele ponto onde estava podia ver os salgueiros iluminados pelo luar. Eram árvores estranhas, fantasmagóricas, que pendiam suas folhas em direção às águas escuras do lago. O caminho asfaltado da pista de *cooper* contornava-o em toda a sua extensão, depois enveredava pelo bosque adentro, subindo e descendo por entre árvores mais frondosas. E, àquela hora, mostrava-se absolutamente deserto.

No entanto, o bosque não estava silencioso. Havia os sapos, ocultos pela vegetação rasteira próxima ao lago, e os grilos, cricrilando alegremente para a lua.

Subitamente, eles se aquietaram.

Ele olhou ao redor, apreensivo. Aquele silêncio inesperado era de arrepiar os cabelos. Voltou a olhar as árvores mais distantes. O bosque estava imerso numa muralha de escuridão, mas ele podia sentir que alguém se movimentava ali. Sorrateiramente. Como se não quisesse ser descoberto. Seria o guarda-noturno fazendo a ronda da meia-noite? Fez o sinal da cruz, rezando para que estivesse certo.

No entanto, algo lhe dizia que havia perigo no ar.

Prendeu a respiração e aguçou os ouvidos, tentando escutar melhor. Era o som de pisadas que se arrastavam, lerdas, aproximando-se dele no escuro. Um som desagradável. Assustador.

— Quem está aí? — perguntou, sentindo a voz falhar.

Não houve resposta.

Então, de repente, ouviu as folhas das árvores se movimentarem acima de sua cabeça. Como se algo tivesse saltado da escuridão para ficar mais perto. *Sobre ele.* Uma sensação de pânico o invadiu. Não teve coragem de espiar o que havia ali.

Começou a rastejar para trás, apoiando-se nos calcanhares e nas mãos, com todos os sentidos alerta. Tremia de medo e pavor.

Ia levantar-se e começar a correr quando uma sombra caiu sobre seu corpo.

ANDRÉ OLHOU PARA O LIVRO TENTANDO SE CON-
centrar nos exercícios, mas seu único pensamento era a
conversa que ouvira pela manhã, ao voltar para casa. Não
via a hora de terminar aquilo para sair e investigar toda a
história.

O vigia do parque havia dito ao porteiro da escola
que o trombadinha praticamente se entregara à polícia. O
garoto estava tão apavorado que mal podia parar em pé.
Tudo por causa de algo assustador que ele havia visto
entre as árvores do bosque. Um ser terrível e medonho
que quisera atacá-lo.

André levantou-se e espiou pela janela do quarto.
Dali podia ver o pátio do colégio, onde tinham aula de
Educação Física, e o muro que o separava do bosque de
árvores frondosas que enfeitava o parque. Avistava também toda a extensão do lago e grande parte da pista de
cooper. Que sorte terem se mudado para aquele apartamento!

Nesse instante, a porta se abriu.

— Você já acabou de estudar?

— Já — ele disse rapidamente, fechando o livro de
Matemática.

— Então venha tomar lanche. Fiz sanduíches...

— Agora não. Vou andar de bicicleta no parque.

Ela olhou-o, admirada.

— No parque? Você já soube do que aconteceu?

— Claro que sim — ele disse, amarrando os cordões do tênis. — Hoje não se fala em outra coisa.

— Me contaram que o trombadinha saiu gritando de lá, apavorado, sabia? Deve ter visto alguma coisa...

— E daí?

— Como, e daí? — ela irritou-se. — Daí que eu acho esse parque muito perigoso.

— Que nada! O ladrão quis escapar da polícia, por isso correu pra lá — disse André, impaciente. — E já era bem de noite. Quase de madrugada... a hora do além.

— Hora do além?!? O que quer dizer com isso?

André fechou o zíper do blusão.

— Nada.

Sua irmã olhou-o, relutante.

— Não sei, não, André...

— Ótimo! — ele disse, despedindo-se com um tchau.

— ... mas esteja em casa antes do anoitecer!

André concordou. Pelo menos nisso ela tinha razão.

ELE CONTORNOU A PRAÇA, PEDALANDO COM VELO-cidade até alcançar o portão lateral que dava acesso ao parque pelo bosque. Entrou na alameda superior, seguindo pela sinuosa pista de asfalto até atingir o ponto mais alto do terreno. Parou a bicicleta na sombra de uma árvore e olhou a paisagem que se estendia, mais abaixo.

Lembrou-se da conversa que o corretor de imóveis tivera com seus pais, na ocasião da compra do apartamento. O parque — motivo da alta valorização dos imóveis da região — fora construído nas terras de um sítio, propriedade de uma rica família do século passado. Em 1892 tornou-se local de abrigo, criação e reprodução de animais — o primeiro zoológico da cidade. Atualmente aquela área de lazer pertencia à prefeitura e havia sido preservada como patrimônio histórico do bairro. O parque teria vida longa. E o que quer que vivesse ali, viveria por muito tempo também.

— O que foi dessa vez, garoto? — disse alguém atrás dele.

André assustou-se, mas procurou disfarçar.

— Ah, é você...

— O que quer por aqui? — o homem perguntou, observando-o com curiosidade.

— Nada. — mentiu André. — Só vim passear um pouco...

Ele sorriu, como se soubesse da verdadeira intenção do garoto.

— Está xeretando outra vez, não é? — perguntou, sem deixar de encará-lo.

— Não! Eu só...

— Aposto como está doidinho pra saber o que aconteceu ontem à noite...

André olhou-o com interesse. O jardineiro trabalhava no local há tempos, certamente conhecia os boatos sobre as misteriosas aparições. Poderia ajudá-lo a obter mais informações ou, quem sabe, até confirmar suas suspeitas. Resolveu arriscar.

— Você sabe de mais detalhes?

— Claro que eu sei — ele disse, após um momento. — Sei de todas as coisas que acontecem por aqui. E digo que esse garoto escapou por pouco.

— Como assim?

Ele vasculhou os bolsos da calça à procura de fósforos.

— Desde criança eu sei que eles vivem aqui.

André sentiu o coração bater mais forte.

— Q-quem?

— As criaturas da noite — ele sussurrou, após acender o cigarro. — Este parque é assombrado por elas desde que minha avó era uma garotinha.

— De que criaturas você está falando?

— Você não sabe? — ele duvidou, com um estranho sorriso. — *Vampiros!*

DEPOIS QUE O JARDINEIRO FOI EMBORA ANDRÉ sentou-se num dos bancos do parque para pensar. Ficara impressionado com aquela revelação. Então os boatos eram mesmo verdadeiros... As mais terríveis, medonhas e poderosas criaturas que o mundo já conheceu viviam ali, em algum lugar.

André olhou para o bosque, intrigado, imaginando qual seria o lugar ideal para o esconderijo de um vampiro. Os vampiros não suportavam a luz do sol, portanto o local devia ser bem escuro. Muitos deles habitavam os cemitérios, dormiam em criptas vazias ou abandonadas. Havia aqueles que viviam em casas comuns como a que tinha visto no filme. Ou aqueles outros que ficavam dependurados de cabeça para baixo no alto da caverna feito uns morcegos gigantes.

Nesse momento o relógio da torre da igreja bateu seis horas. O som insistente das badaladas ecoou pelo parque, como uma canção sinistra. André montou em sua bicicleta e tratou de ir para casa.

Já estava na hora de voltar.

O ANOITECER TINGIU O CÉU DA CIDADE COMO UMA gigantesca sombra viva. Sugou as vibrantes cores das ruas até que elas se tornassem apenas tons esmaecidos. Lentamente transformou os contornos simétricos dos telhados e muros, dissolvendo-os num caos de linhas imprecisas. Trouxe a indagação, a suspeita, o silêncio. Deu vida aos mais secretos desejos humanos. E também despertou as criaturas da noite.

Hiram sentiu em suas entranhas a chegada do anoitecer. Não apenas pela sensação de frio que lhe invadia o corpo, fazendo-o estremecer. Ele sabia que este breve desconforto era muito significativo para os vampiros. Um momento único, vibrante, revivido eternamente com especial euforia. A confirmação do poder supremo. A vitória sobre as leis naturais.

A volta ao estado de consciência era um ritual enfrentado com prazer por todos os que, como ele, sobreviviam além da morte. O despertar envolvia todos os sentidos do corpo físico e psíquico numa crescente onda de energia. Era como ser arrastado suavemente de um torpor mental, de um nível latente de vida, para uma avalanche de sensações e sentimentos.

E assim, no instante em que o último raio de sol foi engolido pelas sombras, ele abriu os olhos. Os primeiros sons que chegavam aos seus ouvidos eram indistintos e confusos. Aos poucos foram se tornando diferenciados, perfeitamente claros e identificáveis, trazendo do mundo da superfície as mais variadas informações.

Respirou, profundamente grato. Era um prazer sentir o poder da noite estimular seu corpo, ávido e jovem.

Estava com fome.

ANDRÉ PEGOU A TESOURA E COMEÇOU A RECORTAR. Finalmente estava convencido de que os vampiros eram mesmo seus vizinhos. Simplesmente fantástico! Ainda bem que o jardineiro afastara suas dúvidas de uma vez por todas. Agora tudo que precisava fazer era entrar em contato com eles. Estremeceu, só de pensar. Quantas vezes havia dormido de janela aberta, sem imaginar que bem ali, nas redondezas, um vampiro sedento de sangue poderia estar à espreita?

Mas agora não precisava mais ter medo... Quer dizer... segundo o Livro Maldito dos Vampiros, tudo mudava se você conseguisse a amizade de um deles. Pelo menos era isso o que afirmava o livro.

— André! — disse sua mãe, abrindo a porta do quarto de repente. — Você tem aula amanhã cedo. O que está fazendo acordado até esta hora?

— Ô mãe, custa avisar que vem entrando? — resmungou André, contrariado. — Quase me mata de susto!

— É o que dá você ler tantas histórias de terror. Depois fica aí, todo impressionado.

André sorriu, secretamente. Ela nem podia imaginar como ficaria impressionada se soubesse da verdadeira intenção dele.

— Preciso acabar isto primeiro.

— Depois, cama — ela disse, autoritária. — Você precisa descansar.

André não respondeu. Ia assistir à *Hora do calafrio*, às dez e meia. Por nada deste mundo perderia um filme da série. Ainda mais nesta noite, em que iam exibir *O túmulo do vampiro*. De modo que esperou a mãe sair do quarto para recomeçar seu trabalho.

A CIDADE PARECIA DESERTA, SINISTRAMENTE QUIETA e sombria. O mendigo admirou as estrelas e ergueu o último brinde à lua que brilhava, indiferente. Deixou a garrafa cair ao seu lado, não se importando em ver o líquido escorrer pelo gargalo e molhar a calçada. Já havia bebido bastante naquela noite. O suficiente para esquecer sua condição miserável.

Arrumou seus trapos na sacola surrada e levantou-se, decidido a ir para o abrigo. A madrugada prometia ser fria e terrivelmente solitária, mesmo para alguém que já se acostumara a dormir na rua como um cão vadio.

Caminhou durante alguns minutos, repensando o trajeto que tinha a intenção de fazer. Precisava manter--se atento para acertar o percurso. Já não era a primeira vez que se perdia naqueles caminhos escuros. Devia contornar a praça e seguir por uma rua secundária que dava acesso ao cruzamento com a rua do cemitério. Dali, prosseguiria em linha reta por mais dois quarteirões e só então viraria à direita no semáforo da esquina da loja de carros. Àquela hora o abrigo já devia estar fechado, mas ele fizera amizade com o velho zelador e esperava poder entrar após o horário. Se tivesse sorte, é claro.

Apressou o passo, pensando no prazer de se deitar num colchão pulguento, junto ao calor de outros corpos desconhecidos que ansiavam pelo mesmo conforto.

Agora estava mais próximo do cemitério. Já podia ver o portão de ferro com suas grades retorcidas que acabavam em setas apontando para o céu, ameaçadoras.

Caminhou para lá, os passos trôpegos ressoando pela calçada, sem imaginar o horror que o aguardava.

Os RAPAZES ESTAVAM PARADOS NO TRECHO MAIS escuro da rua. Ultimamente a cidade produzira dezenas deles. Pequenas tribos que perambulavam pela noite em busca de aventura e emoção. Emergiam das esquinas sombrias, dos metrôs tardios, dos recantos obscuros dos viadutos, vagavam pelas pistas de dança das casas noturnas desafiando a normalidade com um sorriso cínico nos lábios, cientes de que seu visual chocante atraía olhares e comentários... nem sempre lisonjeiros.

Vestiam-se de preto. Tinham cabelos compridos e eram muito pálidos. Pareciam ter pouco mais de quinze anos, jovens ainda. O que faziam àquela hora, junto ao portão do cemitério?

— Ei! Alguém aí me arranja um trocado? — disse o mendigo enquanto se aproximava.

Não lhe deram atenção. Continuaram a conversar entre si, como se ele nem existisse. Um dos rapazes virou-se por um momento, dando-lhe as costas, e ele pôde ver a figura de uma caveira estampada na parte de trás da jaqueta de couro.

Desconcertado pelo pouco-caso que provocara resolveu insistir, decidido a obter atenção.

— Estão passeando? — perguntou, com um sorriso idiota.

— Cai fora! — ouviu alguém dizer, o tom de voz ligeiramente alterado.

22

O mendigo agitou as mãos e tossiu, contrariado. Por que motivo não lhe davam ouvidos? Aquela molecada era muito insensível, arrogante. Precisavam ter mais respeito com os idosos. Sim, iria chateá-los. Só um pouquinho. Afinal, não viviam fazendo isso?

— Ah, já sei! Estão visitando os amigos! — disse, zombeteiro, enquanto apontava o cemitério.

Um incômodo silêncio caiu entre eles. O mais alto dos rapazes cuspiu de lado os chicletes e olhou-o com curiosidade. O outro, já bem irritado com aquela insistência inoportuna, cerrou os punhos e veio caminhando em sua direção com o olhar feroz.

Subitamente, parou.

— Que cheiro de merda! — exclamou, após fazer uma careta de repugnância.

O mendigo deu um passo para trás, cambaleando.

— Ora, eu só bebi um pouquinho assim... — e mostrou a medida com os dedos.

— *Você quer morrer* — afirmou uma voz atrás dele.

Por um instante o mendigo se surpreendeu. Não percebera a aproximação do rapaz. Ele se movera tão rápido!

— Morrer? Eu?!

— Beber *isso* faz mal — alguém completou, com ironia.

O mendigo começou a rir. O som de sua risada ecoou pela rua deserta.

— Não existe mais nada neste mundo que me faça mal, filho.

— Está enganado — afirmou um dos rapazes, com uma expressão sombria no olhar. — Há muitos perigos na noite.

— ... muitos mesmo! — concordaram os outros.

O mendigo esfregou os olhos, hesitante. Havia algo de errado no comportamento daqueles rapazes. Era perturbador o modo como eles o encaravam. Pareciam animais cercando uma presa.

— Eu queria um cigarro... — ele pediu, após um momento, sem dar ouvidos à sua intuição. — Pode ser uma bituca...

Continuaram a fitá-lo sem nada dizer. Um deles enfiou a mão no bolso de trás da calça jeans e retirou um elástico, desses que se usam para separar maços de notas de dinheiro. Segurou-o por um momento entre os dentes, enquanto passava as mãos pelo cabelo loiro e liso, que, num movimento rápido, prendeu num rabo de cavalo.

O mendigo percebeu que eles haviam se aproximado mais. Agora estavam em volta dele. O que pretendiam fazer?

— Quer voar, vovô? — alguém perguntou baixinho.

— Voar?!?

— *Voar* — repetiu o rapaz, com um sorriso sinistro.

O mendigo sentiu que estava em perigo, antes mesmo de tudo acontecer.

— Não entend...

Alguém lhe deu um empurrão.

— Ei! — reclamou, assustado. — Eu só pedi um...

Não terminou de falar porque a forte bofetada jogou sua cabeça para trás. O corte surgiu quase que instantaneamente no canto direito da boca e começou a sangrar.

Confuso, ele ainda tentou dizer algo que os convencesse a parar, mas os rapazes agiam como loucos, parecendo divertir-se com aquilo. Ele pôde ver a crescente excitação que os dominava. Uma alegria feroz. Incontrolável.

Então o agarraram. Um deles segurou-o firmemente pelo pescoço enquanto os outros imobilizavam seus braços e pernas. Podia sentir a pressão dos dedos em sua garganta, sufocando-o, quase impedindo-o de respirar. Tentou gritar.

— Pssst! Fique quietinho e não me dê trabalho — ouviu alguém sussurrar em seu ouvido. A voz era inumana, terrível, e o encheu de pavor.

Ele tentou desvencilhar-se e fugir, mas os rapazes tinham uma força descomunal. O que queriam dele? Não tinha dinheiro. Não tinha nada para dar. Desesperado, reuniu forças para gritar por socorro. Será que alguém, além dos mortos, o ouviria?

"Oh, que Deus me ajude!", pensou, sentindo o estômago revirar. Um gosto amargo de bílis subiu por sua garganta, mas ele teve de engolir o vômito.

Gritou o mais alto que pôde. Mas sua voz soou rouca e fraca, abafada pelas risadas frenéticas dos rapazes. O que ouviu foi o som de sua própria roupa sendo rasgada, o ar frio da noite enregelando-lhe o corpo quente.

Começou a tremer.

Quando as mãos surgiram por detrás de sua cabeça e a puxaram, comprimindo-a contra as grades do portão, imaginou que pretendiam imobilizá-lo para, quem sabe, dar-lhe uma surra. *Não havia garotos que se divertiam maltratando animais?* No entanto, segundos depois, compreendeu que a verdadeira intenção era outra. Muito pior.

Seus olhos encheram-se de lágrimas quando sentiu a pele do couro cabeludo sendo esmagada, as orelhas diaceradas, enquanto as mãos forçavam a passagem de sua cabeça pelo espaço entre as grades do portão.

"Deus, o que está acontecendo comigo?", pensou, ao fitar o céu, sentindo um formigamento no corpo, uma dor generalizada que o fez suar e tremer convulsivamente.

Seus olhos, arregalados, fitaram o rosto maligno que o observava. Ficou rígido de terror. Por instantes, recusou-se a aceitar aquela imagem monstruosa.

Subitamente, compreendeu. A verdade fluiu de dentro dele segundos antes de os dentes cravarem-se em seu pescoço. Abandonou-se àquela desconhecida sensação. Já não era preciso lutar. Teve a certeza de que não sentiria mais frio. Nunca mais.

Agora iria dormir nas estrelas.

ANDRÉ DESLIGOU A TEVÊ E, SILENCIOSAMENTE, caminhou pelo corredor. A mãe e a irmã já haviam adormecido. Ele voltou depressa ao seu quarto e trancou a porta, satisfeito. Preparou o despertador para acordá-lo às cinco da manhã. Era tempo suficiente para guardar tudo, antes que alguma xereta viesse com perguntas indiscretas.

Em seguida pegou o Livro Maldito dos Vampiros e procurou o capítulo "Rituais de Chamamento". Havia sete tipos de rituais, com finalidades diferentes e detalhes tão macabros que fariam miséria com qualquer estômago mais fraco. Escolheu aquele que atendia à sua necessidade e releu com atenção as instruções minuciosas, checando se todo o material estava completo.

Já separara as velas negras — uma para cada noite —, o incenso que ele mesmo fizera seguindo as orientações do livro, e a agulha de costura sem uso. Escolhera a cômoda como altar porque ela ficava na direção do poente. Cobriu-a com um pano vermelho e colocou sobre ele a vela negra apoiada numa base de pedra.

Em seguida, de frente para o altar, traçou no chão do quarto um círculo à sua volta, usando uma mistura de terra e sal. Depois, com mãos trêmulas, copiou alguns símbolos e nomes num pedaço de papel.

Sentindo o coração bater mais depressa, apagou a luz do abajur. A claridade da lua cheia invadiu o quarto, formando sombras sinistras na parede, como se uma plateia disforme e silenciosa o apoiasse com macabra satisfação.

André entrou no círculo, acendeu a vela negra, o incenso, e começou a se concentrar. Estava consciente de que iria dar o passo mais importante de sua vida mortal. Tudo o que viesse a acontecer seria consequência de seus próximos atos, fruto de crenças e desejos secretos, nascidos em seu íntimo desde que era criança. Desejos moldados a cada ano de maneira mais intensa, misteriosamente compulsiva, como um apetite doentio.

O aroma do incenso espalhou-se pelo quarto, fazendo André lembrar-se do cheiro de terra molhada. Tudo parecia irreal, no entanto, sentiu que o torpor o arrastava lentamente para a escuridão. Ele abriu os braços na direção do poente e repetiu as sete palavras malditas do ritual. Em seguida espetou o dedo na ponta da agulha, fazendo o sangue gotejar sobre a chama da vela. O líquido quente pareceu vibrar em contato com o fogo.

A princípio com relutância, depois mais decidido, concluiu o ritual com a parte que era essencialmente importante: provou o próprio sangue, ácido e levemente salgado, sentindo um estremecimento involuntário percorrer seu corpo. Estava feito. Agora não podia mais voltar atrás.

Um profundo silêncio tomou conta do quarto. André podia sentir uma impressão de frio apoderando-se do local. Então, sem fazer barulho, afastou as cortinas para o canto da parede e fixou, nos vidros da janela, a enorme figura que recortara. Ajeitou as luzes da bancada, uma de cada lado e uma no meio, de modo que iluminassem a figura por trás. Depois enfiou-se debaixo das cobertas e admirou sua obra.

As luzes começaram a piscar a intervalos regulares, num jogo de claro-escuro hipnótico, alternando-se incessantemente, criando no quarto um clima fantasmagórico. Piscariam durante toda a noite, enviando o sinal maldito para os filhos das trevas.

FOI HIRAM QUEM PRIMEIRO VIU A JANELA ILUMINADA com aquela imensa figura, que mais parecia um morcego de asas abertas, brilhando na escuridão da noite.

No início não havia dado nenhuma importância àquilo, mas já era a quinta vez que o fato se repetia. Exatamente à meia-noite as luzes começavam a piscar e iam madrugada afora, numa mensagem muda e inquietante.

— Aposto meu pescoço como isso não quer dizer nada — comentou Nill, dando de ombros. — Esses humanos têm atitudes bem esquisitas.

Hiram não disse nada, parecendo concordar com ele. Mas, intimamente, sabia o que aquilo significava. Já havia rastreado o lugar e tirado suas conclusões. Até sentira o cheiro de ervas especiais sendo queimadas, numa oferta de sangue. Alguém vinha fazendo invocações. Alguém inexperiente, pois pronunciara incorretamente as palavras malditas.

— O que vamos fazer? — perguntou Nill, interrompendo seus pensamentos.

— Preciso encontrar Luke — ele disse, após um momento.

Nill suspirou, olhando a cidade adormecida, repleta de possibilidades. Preferia curtir a noite, conhecer alguém interessante... mas aquele imbecil havia quebrado as regras novamente. Era sempre assim. De tempos em tempos alguém saía da linha e dava trabalho. Só que Luke resolvera desafiar Hiram permanentemente. Aquilo não ia acabar bem.

— Por onde quer começar? — perguntou, equilibrando-se na beirada do prédio em construção, uma estrutura de vinte andares que virara ponto de encontro nas últimas semanas.

Hiram levantou-se com um salto e foi para junto dele. Abriu os braços e contemplou a lua.

— Ela nos dirá — disse, antes de atirar-se.

— Ei! Espere por mim! — gritou Nill, pulando para o vazio.

ANDRÉ JÁ ESTAVA FICANDO DESANIMADO. O LIVRO Maldito dos Vampiros afirmava que após o Ritual de Chamamento, que funcionava como uma primeira tentativa de aproximação com as criaturas, era preciso esperar sete noites para se obter algum tipo de contato. E até agora não obtivera sucesso. Será que tudo havia sido em vão? No entanto, restava ainda uma noite.

Estava considerando suas chances quando ouviu alguém chamar seu nome. Rapidamente guardou o livro na gaveta do criado-mudo, trancando-a com chave. Precisava ter muito cuidado. Especialmente com aquele livro.

Ele o encontrara na biblioteca do bairro, numa prateleira empoeirada da seção de Ocultismo. Parecia esquecido num canto, colocado propositalmente entre revistas e jornais velhos, e por esse motivo lhe chamara a atenção. Ao folheá-lo percebera, impressionado, que o assunto era de seu maior interesse. Então considerara os fatos. A biblioteca não emprestava os livros, apenas os oferecia para pesquisa no próprio local. Mas ele não suportaria a ansiedade de ter de esperar vários dias para concluir a leitura. Não tivera dúvidas. Escondera o livro entre os cadernos da escola e o trouxera para casa.

Até hoje não se esquecera do enigmático sorriso que pairava no rosto do velho bibliotecário. Podia jurar que de algum modo misterioso e incompreensível ele tinha conhecimento do que fizera. Lembrava-se ainda de ele ter-lhe desejado boa sorte nas pesquisas, como se adivinhasse sua futura intenção.

— Ei, não me ouviu chamar? — disse sua mãe, entrando de repente no quarto.

— Já estava indo.

— Vamos comer uma pizza. Você pode ir comprar?

— Só se for de calabresa.

— Meio calabresa e meio mussarela — ela concordou, entregando-lhe o dinheiro.

— Sem cebola! — pediu sua irmã, aparecendo na porta do quarto.

— *O.K.*, sem cebola — ele repetiu, enquanto vestia o moletom e guardava a chave da gaveta no bolso. Em seguida, levantou-se e saiu.

Já passava das seis da tarde.

A PIZZARIA FICAVA AO LADO DA MAIS ANTIGA PADA-ria do bairro, a um quarteirão de sua casa, bem em frente ao parque. André foi caminhando pela calçada e, ao re-lembrar os acontecimentos, concluiu que era mesmo muito estranho o fato de nunca mais ter visto ou encontrado o velho da biblioteca. Na semana seguinte havia retornado para fazer pesquisa de História e soubera que ele aban-donara o emprego. Por esse motivo resolvera arriscar-se a não devolver mais o livro. Tinha certeza de que ninguém *deste mundo* o reclamaria.

Ao atravessar a rua observou os três rapazes que acabavam de entrar na padaria. Eram os mesmos que ele já havia visto, certa vez, discutindo com o sorveteiro do parque. Lembrava-se do rapaz mais alto, loiro, que usava rabo de cavalo, do modo como ele gritara e gesticulara, enfrentando o pobre homem.

Normalmente, àquela hora a padaria ficava repleta de estudantes. O pessoal costumava lanchar ali antes de ir pra aula. Muitos deles eram mais velhos, já trabalhavam, tinham sua própria grana pra gastar no que desejassem. Sabiam dirigir e exibiam as chaves de casa como se fosse um prêmio conquistado a duras penas. Quase sempre envolviam-se em brigas com outras turmas e, nessas ocasiões, era bem melhor ser amigo do mais forte. Os caras mais velhos esbanjavam experiência, charme e, o mais importante, é claro, também conheciam as garotas.

Aqueles, por exemplo, se destacavam dos demais. Tinham uma aparência agressiva e imponente, como os caras dos *shows* de *rock* que apareciam na tevê. Vestiam-se com jeans, jaquetas de couro, botas e dirigiam motos. Eram especialmente bonitos, tinham uma personalidade magnética. André podia ver as garotas olhando-os disfarçadamente, atraídas por aquele jeito rebelde.

No fundo, sentia vontade de ser igual a eles, poderoso e experiente. Saber de tudo, ter independência para ir a qualquer lugar, obter o respeito das garotas e quem sabe quebrar alguns dentes dos folgados que ousassem cruzar o seu caminho. Sim. Queria ser como eles.

Entrou na padaria e foi até o balcão para comprar refrigerante. Viu quando um dos carinhas cumprimentou o chapeiro com um leve movimento de cabeça.

— O de sempre — ouviu-o dizer, antes de virar-se para conversar com os outros.

Nesse momento notou que havia um emblema estampado nas costas da jaqueta dele, uma caveira bordada nos mínimos detalhes, com fios de uma brancura impressionante, quase luminosos. Curioso, aproximou-se para observar melhor. Foi assim que conseguiu ouvir a conversa. Eles estavam discutindo, mas tinham o cuidado de falar baixo.

— Eu já disse que vocês não devem se preocupar com isso — disse o loiro, irritado.

— E por que não? — duvidou o outro, enfrentando-o.

— Quando ele souber, vai ter encrenca...

— Mas que encrenca, cara? Nós não deixamos vestígios, nenhuma pista... nadinha que possa nos sujar. Você não sumiu com ele?

— Até a última gota.

— Então vê se não enche o meu saco, pô!

Ficaram em silêncio por um momento, se encarando, contrariados. André procurou disfarçar e virou-se pro outro lado, fingindo que escolhia um pacote de salgadinhos. Estava claro que pensavam de modo diferente, mas tinham de engolir a opinião daquele brutamontes. Viu quando o chapeiro lhe entregou o copo e notou a voracidade animal com que ele bebia. Sentiu o estômago revirar.

— Mas alguém pode ter visto a gente... — ouviu um deles comentar.

Foi o que bastou para o loiro perder a paciência. Partiu pra cima do outro, os olhos brilhando de ódio.

— E quem se importa? Diz aí! Quem *realmente* se importa? — explodiu, cerrando os dentes. — Eu já estou cansado de falar nisso! Até parece que somos os únicos loucos da cidade!

— Luke, tenha calma — o outro pediu, colocando-se entre eles. — Tem muita gente aqui.

André assustou-se. A situação podia piorar a qualquer momento. Aqueles caras brigavam à toa e era melhor não estar por perto nessa hora. Deu a volta por trás do *freezer* e ia sair sorrateiramente quando alguém notou sua presença.

— O QUE VAI QUERER, GAROTO?

André sentiu o coração disparar. À sua frente estava o loiro mal-encarado, de braços cruzados, olhando-o com ar ameaçador. Colocara-se exatamente no meio do caminho, impedindo a passagem. Será que havia desconfiado de sua bisbilhotice?

— Bem... eu... — gaguejou, feito um idiota. — Eu... queria uma pizza.

O loiro olhou ao redor, inquieto, certificando-se de que ninguém mais prestava atenção ao que acontecia. Depois aproximou-se e encarou André intensamente. Seus olhos, esverdeados como os de um bicho selvagem, brilhavam de modo sinistro.

— A curiosidade matou o gato, sabia? — sussurrou, de modo terrível.

André recuou, atordoado, dando dois passos cambaleantes para trás. O movimento abrupto fez com que esbarrasse no *display* dos salgadinhos, que foi para o chão, derrubando todos os pacotes. André abaixou-se, sem graça, e começou a recolhê-los rapidamente.

— Desculpe, foi sem querer! — explicou aos dois homens da padaria que apareceram para ajudar. Depois caminhou para a saída com passos hesitantes, sentindo os músculos do corpo totalmente contraídos. O gosto amargo do medo subia por sua garganta. Estava certo de ter se metido numa encrenca. Afinal, que conversa esquisita era aquela? Um tipo de segredo, algo ruim que tinham de manter escondido?

Antes de sair da padaria, arriscou uma olhada final para conferir se eles ainda o mantinham na mira.

Os três haviam sumido.

Naquela noite, André teve um sonho estranho. Alguém entrara em seu quarto no meio da noite e espiara suas coisas. Folheara os livros que lia, examinara as roupas que usava e o observara por um longo tempo. Alguém que ele não conhecia. Um vulto esguio que deslizava entre as sombras e, misteriosamente, desaparecera junto à janela como se fosse fumaça.

LUKE OLHOU PARA A GAROTA, INTERESSADO. PAREcia bem apetitosa com aquela minissaia justa e andar provocante. Lembrava-se de tê-la visto por ali outras vezes. Ela chamava a atenção dos caras mais experientes.

Concentrou-se por um momento enquanto recolhia os cinzeiros sujos do balcão. Sondar a mente dos humanos era algo que ele sempre desejou saber. No entanto, não era esse o seu forte. A habilidade mais poderosa que havia se revelado desde que fora transformado em vampiro era tornar-se a voz interior de alguém. Raptar a vontade alheia e submetê-la aos próprios desejos, comandando ações a distância, como um diretor excêntrico numa peça de teatro.

Venha até aqui e me peça um cigarro.

A garota levantou a cabeça e olhou em sua direção. Em seguida caminhou até ele, com uma expressão curiosa no rosto.

— Você fuma? — ela perguntou, ao aproximar-se.

Luke observou-a com atenção. Ela era bem bonita, tinha uma voz agradável, sensual.

— Só bebo. Felizmente.

— Ah, você é daqueles que acham que cigarro faz mal...

— Não — disse Luke, passando um pano na pia do bar. — Sou daqueles que sabem que existe algo muito melhor que o cigarro.

A garota sorriu, maliciosa. Seus lábios úmidos, pintados de vermelho, eram um convite tentador. Ela virou-se e começou a dançar, acompanhando o ritmo da música que rolava na pista. Naquela noite não havia tanta gente no Porão. Durante a semana o movimento da casa era menos intenso. Dava para conversar com os fregueses numa boa.

— Quer beber alguma coisa? — ele perguntou, após um momento.

— O que tem aí?

— Algo especial para garotas bonitas.

— É mesmo? — ela duvidou, achando graça.

— Vai deixar você leve como uma bolha de sabão. Pronta para *voar.*

— Quero provar isso! — ela disse, entusiasmada, indo para a pista de dança.

Luke seguiu-a com o olhar, sentindo uma energia selvagem aflorar em sua pele. A garota não era apenas uma menina bonita, atraente. Também tinha um corpo que despertava desejos interessantes. *Incontroláveis.*

Era graciosa e delicada, de contornos exatos e sedutores. Movimentava-se com leveza, os cabelos escuros caindo em ondas sobre os ombros.

Enquanto ela dançava, Luke admirava a forma de suas pernas. Deviam ser macias, cobertas por aquela penugem dourada e sensíveis ao toque de dedos experientes. Se estivesse interessada nele, poderia facilitar as coisas, ponderou, ao preparar a bebida.

Decidido a mais uma conquista, Luke abriu a tampa de metal que havia na parte superior de seu anel e entornou o pó vermelho dentro do copo. O líquido efervesceu por uns segundos e depois voltou à sua aparência normal.

— Está pronto, gata — sussurrou, ao aproximar-se.

Ela voltou-se e sorriu para ele. O cheiro perfumado de seu corpo atingiu Luke como uma onda, mergulhando-o num estado de transe.

— Obrigada! — ela exclamou ao contemplar o copo longo, enfeitado com cubos de gelo coloridos. — Parece delicioso!

Luke viu-a fechar os olhos e aspirar profundamente o aroma que exalava da bebida, para em seguida sorver um pequeno gole, saboreando-o com lentidão e prazer. Notou como ela reagia positivamente, explorando a sensação refrescante que o contato do líquido gelado causava em sua boca. Observou como o calor da euforia espalhava-se por seu rosto, acentuando-lhe os traços delicados.

E com que avidez ela tornava a beber! Como uma criança gulosa que deseja saciar a vontade de imediato, sem esperas ou hesitações.

Sorriu, secretamente. Ninguém resistia a essa especialidade da casa, que só ele sabia preparar.

Agora me dê um beijo, ordenou mentalmente, ao vê-la terminar a bebida.

ELA ESTAVA ATORDOADA, SEM TER A NOÇÃO EXATA do que ocorria à sua volta. Ouvia uma música distante, risadas e vozes que desconhecia. Alguém murmurando seu nome.

O lugar estava abafado, quente, um universo de odores e fragâncias nunca antes percebidos. Luzes difusas passeavam pelas paredes, indo e vindo num ritmo hipnótico, como se dançassem ao seu redor.

Alguém a puxou pela mão, um toque áspero e forte, que a fez estremecer. E então foi levada para longe das luzes e do barulho sem oferecer resistência, como uma criança dócil e obediente.

O ar frio da noite acariciou seu rosto e só então ela se deu conta de como brilhavam os olhos daquele rapaz que a beijava. Aqueles olhos eram tão...

— Espere! — ela pediu, ao sentir os dedos acariciando seu corpo.

— O que foi? — disse Luke, puxando-a mais para si. — Não está gostando, gata?

Ela sorriu, confusa. Não entendia como aquilo podia estar acontecendo. "O que fazia ali, com aquele rapaz?", perguntou-se, admirada. Mas isso não parecia tão importante quanto as sensações que experimentava com ele. Seu corpo transpirava e reagia com intensa sensibilidade ao menor toque...

Ele a beijou novamente, de modo selvagem, pressionando sua perna entre as dela, sussurrando em seu ouvido que a queria ali mesmo, que não aguentava de desejo e...

— *Fome?* — ela repetiu, sentindo-se flutuar. — Depois começou a rir da piada, enquanto ele abaixava as alças do vestido e beijava-lhe os ombros. — Por favor... Espere...

— Isso não importa, agora — ele disse, virando-a de costas e abraçando-a por trás, impedindo que ela reagisse. Seus braços eram fortes e musculosos e a seguravam com firmeza. Ele roçou seu corpo contra o corpo dela e um prazer intenso brotou desse contato.

— *Voe comigo, garota* — ele murmurou, fazendo-a estremecer.

— Ei! Por favor, eu não quero fazer isso — ela relutou, debilmente. — Preciso ir agora...

— Psss... Fique quietinha e não me dê trabalho — ele disse, ofegante. — Você vai experimentar algo novo, realmente fantástico... Você vai gostar... incline sua cabeça para o lado, assim...

— Pare, por favor! — ela pediu, assustada, tentando se desvencilhar dos braços dele.

— Agora não dá pra parar, gracinha — ele disse, com uma voz estranha, que a fez arrepiar-se de medo. — Agora vamos até o fim.

Então ela sentiu o hálito quente em seu pescoço e o leve roçar de dentes, gelados e pontiagudos.

— LUKE, DEIXE-A EM PAZ!

A voz partiu de algum lugar atrás deles. Era repleta de autoridade. Após um segundo de surpresa Luke rosnou, contrariado, e virou-se bruscamente.

— Não se meta nisso, cara. É assunto meu!

— Você ficou surdo? — disse a voz, num tom gélido.
— Largue a garota ou eu arrebento você.

Luke sorriu vagamente, afrouxando a pressão das mãos que mantinham a garota imóvel. Ela conseguiu soltar-se e recuou, assustada. Alguma coisa mudara em sua aparência... A pele havia se modificado, tornara-se granulosa e muito branca, com um aspecto repugnante. As mãos... (não estavam maiores?) tinham dedos deformados, que pareciam garras. Havia unhas pontudas avançando além da carne alva. E os dentes... caninos amarelados, sorriam diabolicamente para ela.

Ela afastou-se, recuando alguns passos até apoiar-se em um carro estacionado. Sua cabeça girava, ela mal podia manter-se de pé. Sentiu o estômago revirar e precisou conter a ânsia que subiu por sua garganta, azedando-lhe a boca. Respirou fundo tentando levar ar fresco aos pulmões, recuperar o controle e entender o que estava acontecendo ali. Ouviu alguém gritar... Que som estranho era aquele, afinal? Parecia o guinchar de um animal selvagem...

Luke encarou seu opositor com fúria no olhar.

— Quem você pensa que é? — gritou, o corpo oscilando como se fosse saltar sobre Hiram.

— Você sabe quem eu sou... e o que posso fazer.

— Oh! O todo-poderoso chegou! — disse Luke, fazendo uma mesura exagerada.

— O que quer provar com esse comportamento estúpido?

Luke arreganhou os dentes.

— Já estou farto de você!

— Cuidado, Luke — avisou Hiram. — Estou perdendo a paciência...

— Não diga! — e avançou para ele, transtornado, os punhos cerrados de ódio.

Mas não teve tempo de agir. Uma dor aguda o atingiu, como se um raio o tivesse acertado. Caiu como um bêbado, levando as mãos à cabeça, contorcendo-se de dor.

— Você não tem obedecido muito as regras ultimamente — disse Hiram, olhando-o com raiva. — Espero que isto sirva de lição.

Luke gritou novamente, ao receber outra carga de energia. Dessa vez, muito mais forte. A dor embaçou-lhe a visão e ele sentiu vontade de vomitar. Começou a suar frio e, por um momento, teve a sensação de que seu nariz fosse explodir. Uma tremenda pressão comprimia sua cabeça. Gemeu de dor e começou a tossir o próprio sangue.

— Não precisa se aborrecer tanto — murmurou, ofegante.

— Você entende rápido... — disse Hiram, dando um pontapé no rosto dele. — Agora suma daqui!

Luke não conseguia levantar-se. Recuou lentamente, andando de joelhos até um muro próximo e lá permaneceu, encolhido sobre as próprias pernas.

A garota ainda estava parada junto ao carro estacionado. Observara tudo com um crescente espanto. Não compreendia claramente o que havia acontecido, mas podia perceber que aquele rapaz aparecera em boa hora, evitando que ela passasse por uma situação embaraçosa.

— Você está bem? — ele disse, ao aproximar-se.

Ela levantou o rosto, e seus olhares se encontraram.

— Eu não sei... — ela respondeu, confusa.

Hiram percebeu o quanto ela estava tensa. Podia sentir o cheiro do medo em seu corpo.

— Venha! — ele disse, após um momento. — Eu a acompanho até...

— Não é preciso, obrigada — ela recusou, enquanto ajeitava o vestido.

— Tem certeza? — ele insistiu. — Você está muito pálida.

— Fiquei um pouco... você sabe... assustada — ela disse, sem jeito.

Hiram estava impressionado. Ela era linda!

— Mais um motivo para a minha companhia — ele completou, sorrindo.

Mas ela não lhe deu atenção. Simplesmente começou a andar, pensativa. Ele não teve outra alternativa a não ser segui-la.

— Ele a machucou? — conseguiu dizer, após um breve silêncio.

Num gesto instintivo, ela esfregou os punhos com as mãos. Hiram soube que estavam doloridos.

— É seu amigo? — ela devolveu a pergunta, com ressentimento na voz.

— Às vezes ele me cria problemas. Sabe como é... pensa que todas as garotas bonitas estão a fim dele.

Ela abaixou a cabeça, envergonhada. Sentiu vontade de sumir dali para não chorar na frente dele.

— Ei, pare com isso — ele pediu, segurando sua mão. — Agora está tudo bem. Venha, vamos voltar lá pra dentro.

Só então ela se deu conta de que acabavam de sair do pátio do estacionamento. Um lugar ermo e mal iluminado que ficava a meio quarteirão da danceteria.

— Como vim parar aqui? — ela perguntou, surpresa, parando diante do portão.

— Não pense mais nisso — disse Hiram, olhando-a de modo intenso. — *Daqui a pouco vai se sentir bem melhor. Irá esquecer tudo isso.*

Ela nem percebeu no momento. Mas aquela sugestão, dita de maneira especial, penetrou em sua mente e foi absorvida como gotas de água numa esponja seca. Aos poucos suas indagações a respeito do que ocorrera foram se tornando vagas, imprecisas.

— Você vem sempre ao Porão? — ele perguntou, recomeçando a andar.

— Algumas vezes...

— Deve gostar de dançar... as músicas são superboas.

— Eu adoro dançar — ela disse, após um momento.

— Verdade? Sempre admirei bailarinas.

Ela sorriu, intrigada. *Afinal, o que era mesmo que ela queria saber? Não conseguia se lembrar...*

— Você veio sozinha? — ele interrompeu seu pensamento.

— Não. Estou com minhas amigas.

— Então tem companhia pra voltar... — ele afirmou desapontado.

— Tenho, sim. Uma delas está de carro e vai me dar uma carona.

Nesse momento alguém a chamou. Ela acenou para a amiga que estava mais adiante.

— Preciso ir, agora — ela disse, voltando-se para se despedir dele. — Estou muito cansada.

— A gente se vê por aí.

— Desculpe... mas eu não sei o que...

— Tudo bem — ele disse, sorrindo.

Pela primeira vez naquela noite, à luz da lua, ela notou seu rosto expressivo, os olhos amendoados, brilhantes, como se guardassem um fogo interior.

— Qual é seu nome?

— Meu nome? — ele repetiu, os lábios ligeiramente úmidos, entreabertos. — É Hiram.

Ela olhou-o demoradamente, sem entender por que se sentia daquela maneira. Tão fragilizada e, ao mesmo tempo, tão atraída por aquele olhar que parecia conhecer seus pensamentos.

A buzina soou, estridente, interrompendo-os. Como se acordasse de um breve torpor, ela despediu-se e caminhou apressada para o carro, que já a esperava com o motor ligado.

— Oi! Você sumiu há um tempão! — disse sua amiga, com os olhos grudados no retrovisor. — Mas agora entendi o porquê. Quem é aquele gato?

Ana Paula virou-se para trás, especialmente impressionada. Ele tinha mesmo um sorriso encantador.

Hiram viu o carro afastar-se rapidamente.

Ajeitou a gola do casaco e caminhou para a entrada do Porão, onde Nill estava à sua espera.

Sentia-se estranhamente inquieto. Olhou a lua, fascinado, absorvendo a vibração que resplandecia na noite.

— Não outra vez! — murmurou, inutilmente.

ANDRÉ FOLHEOU O LIVRO MALDITO DOS VAMPIROS à procura de um capítulo que explicasse o que fazer caso a tentativa de contato fracassasse. Estava inconformado. Por que não tinha dado certo? Será que fizera algo impróprio? O quê, exatamente? Havia seguido com atenção todas as recomendações para o ritual, concentrara seu pensamento no objetivo desejado e repetira as palavras malditas. Por que motivo, então, nenhum vampiro cruzara seu caminho?

Depois de revirar o livro à procura de alguma explicação, encontrou uma pequena nota no rodapé de uma página do capítulo treze.

"O Ritual de Chamamento de vampiros nunca falha! Se o praticante pensar que não obteve sucesso é porque não foi suficientemente atento para observar os fatos."

— Não fui atento?! — exclamou André, surpreso.

O livro afirmava que até o fim da sétima noite após iniciar o Ritual de Chamamento o contato com as criaturas era irreversível, fatal. E esclarecia: qualquer tipo de contato valia como resposta positiva e o praticante poderia então considerar-se vitorioso em sua iniciativa.

— Qualquer tipo de contato... — repetiu André, fechando o livro, e recordando-se dos acontecimentos da semana. Muitas coisas incomuns tinham se passado naqueles dias... O monstro do parque havia surgido novamente, o jardineiro confirmara a existência de vampiros, ele próprio tivera um estranho sonho sobre uma presença que o visitara durante a noite. Seria um aviso? Uma premonição? E aqueles rapazes da padaria? Não haviam tido um comportamento estranho? Eles até o ameaçaram!

André sentou-se na cama, desanimado. Para ser atento e minucioso como sugeria o livro, devia passar a agir como um maluco.

Nesse instante o telefone tocou lá na sala. André escondeu o livro embaixo do travesseiro e correu para atender.

— André! Sou eu. Está tudo bem aí em casa?

— Oi, mãe.

— Pretendo ir ao cinema com uma amiga, hoje à noite. Você e sua irmã conseguem se virar por aí, não é?

— Acho que sim...

— Peça pra ela fazer um lanche, estourar pipocas ou qualquer coisa assim.

— Tudo bem, mãe.

— O que vocês vão fazer?

— Como vou saber?

— Por que não pegam um filme também?

— Só se for de terror — disse André, sorrindo.

— Você deve ter algum problema sério. Chame sua irmã.

— Ela tá no banho... há um tempão!

— Olhe... não vamos demorar muito. Talvez a gente vá beber um chopinho depois do filme. André, por favor, não briguem.

André deu uma risadinha. Sua irmã detestava o que ele mais amava. Sua mãe, idem. Apenas seu pai tinha sensibilidade para apreciar a arte do horror, na literatura e no cinema. Um sinal evidente de que só "alguns privilegiados" tinham acesso ao prazer incomparável de uma boa história de terror.

Mas ele havia falecido há três anos, deixando-o em desvantagem. Naquela época era um garotinho de apenas dez anos, não conseguira compreender a extensão e o peso que esse triste fato tivera em sua família. Fora muito difícil para todos, no início, mas o tempo conseguira apagar as lembranças dolorosas e, em seu lugar, ficara apenas a saudade das coisas boas que haviam partilhado. Uma delas era dedicar-se a esse hobby que tinham em comum, e que agora fazia questão de manter intensamente vivo, como uma homenagem: ser um admirador absoluto e um leitor interessado, profundo conhecedor do misterioso e envolvente mundo do terror.

— O que está fazendo aí, parado? — sussurrou alguém às suas costas.

André teve um sobressalto.

— Você está toda molhada! — reclamou, assustado.

— E como você sai do banho? Seco?

Ele não respondeu.

— Acho que eu assustei você! — ela disse, dando risada.

— Ah, não enche!

— Quem era no telefone? A Bia?

— Não. Era a mãe dizendo que vai sair com o pessoal do escritório.

Ela balançou a cabeça, toda animada.

— Até que enfim!

— Até que enfim o quê?

— Que ela vai sair um pouco. A mamãe ainda é jovem, André. Precisa se divertir, dançar, conhecer alguém interessante. Quem sabe até... se casar outra vez.

Ele virou-se bruscamente e voltou para o quarto, sem dizer nada. Ela ficou parada no corredor por um momento, surpresa. Compreendeu que André ainda não estava preparado para aceitar que sua mãe tivesse interesse por outro homem. Sentiu-se uma tola por sua falta de jeito, mas decidiu não insistir no assunto nem deixá-lo perceber que ela compreendia o que se passava.

— E o que ela falou? — perguntou com naturalidade, surgindo junto à porta do quarto.

— Pra você inventar algo pra gente comer — ele disse, de propósito, sabendo que ela detestava ir para a cozinha.

— O quê??

— Sei lá... fritar uns hambúrgueres...

— De jeito nenhum! — ela exclamou, furiosa. — Eu acabei de lavar meu cabelo. Vai ficar oleoso. Nem pensar!

— Mas ela disse...

— Nada disso. Nós vamos buscar uma pizza!

— Uma pizza? Outra vez?

— O que tem de mais?

— Só se for com a *sua* mesada — ele retrucou, satisfeito.

Vampiros são seres estranhos e poderosos. Possuem habilidades espantosas tais como voar, dominar os animais e hipnotizar pessoas, fazendo uso de sua força de persuasão mental. São capazes de realizar tudo o que desejarem, no momento em que desejarem, desde que as condições lhes sejam especialmente favoráveis.

Naquele fim de tarde Hiram estava sentado em sua moto, na esquina do parque, aguardando a chegada de Nill. Deviam ir ao encontro dos outros do grupo, logo mais à noite, para a reunião que ele próprio convocara.

Enquanto esperava pelo amigo, decidiu praticar uma de suas melhores habilidades e escutar os pensamentos humanos. Bastava concentrar-se por um momento e a energia de sua mente invasora penetrava na mente alheia, sintonizando-a como as ondas de uma estação de rádio.

Era um grande poder. Os demais vampiros não tinham esse dom natural e outros, que ele herdara de seus antepassados. Isso significava vantagem em certas situações. As diferenças de poder ajudavam a manter a hierarquia do grupo.

No caso dos humanos, o que havia de curioso nessa prática de sondar pensamentos era verificar que, quase sempre, eles não diziam o que pensavam. Mentiam, ocultavam a verdade interior, negavam os próprios sentimentos e ideias. Esse hábito tornara-se comum entre eles.

Muitas vezes, a mentira que diziam nascia da necessidade de combater certos fatos, dolorosos demais em suas

vidas. Não era interessante? O que os afastava da verdade os fazia felizes. Mas esse sentimento não provinha da verdade que viviam, e sim da verdade que buscavam. Era, portanto, uma ilusão. Um submundo de ilusões convenientes, construído para protegê-los...

De repente algo perturbou seus devaneios. Olhou em volta, intrigado, rastreando a energia que tão subitamente afetara sua concentração. Foi nesse momento que viu a jovem que descia a rua, em direção ao parque. Alguém com uma leveza no andar, um jeito meigo e frágil... uma garota.

Era *ela*! Sentiu seu corpo inteiro reagir àquela inesperada presença. Por um momento, não soube o que fazer. Mas no instante seguinte já havia se decidido.

Um VENTO FRIO SOPROU SUBITAMENTE, LEVANTANDO as folhas secas caídas sobre o gramado. André parou diante do portão de ferro, sentindo a costumeira excitação. O parque se tornava um lugar especialmente misterioso com a chegada do anoitecer. As sombras se arrastavam lentamente, absorvendo toda a luz, tingindo de negro as águas do lago, espalhando-se sobre o bosque como um véu sinistro. Era assustador.

— Vamos entrar? — perguntou Ana Paula, de repente.

André espantou-se. Era um convite? A súbita boa vontade de sua irmã o pegara de surpresa. Seria uma excelente oportunidade andar pelo parque àquela hora. Quem sabe tivesse a sorte de encontrar um provável local suspeito, um ponto que lhe passara despercebido e que talvez se revelasse com a ajuda das sombras da noite.

— Você topa? — ele disse, animado. — Podemos cortar caminho por aqui e sair do outro lado, bem em frente à pizzaria.

Ela relutou por um momento, mas não pôde resistir. Sentia-se impelida a entrar.

— Vamos logo, já está escurecendo.

Então cruzaram o portão e caminharam para a alameda que dava acesso ao bosque.

Hiram ATRAVESSOU A PISTA DE *COOPER*, NO SENTIDO oposto, e agora caminhava na mesma direção que Ana Paula e André. Permanecia atento a todos os ruídos do bosque, ao menor indício de aproximação de outros vampiros. Às vezes eles passeavam pelo parque, como qualquer mortal de aparência inofensiva. Na verdade, apenas aguardavam a chegada da noite para desaparecer... e *caçar*. Seria perigoso encontrar um deles pelo caminho. Principalmente se fosse Luke. Ele também conhecia aquela garota. E ficara bastante aborrecido (por que não dizer, totalmente furioso) com o fato de tê-la perdido naquela ocasião. Se a encontrasse por ali desprotegida...

Apressou-se, então, para vigiá-los, antes que fosse tarde demais.

As LUMINÁRIAS QUE SE ERGUIAM AO LONGO DA pista já estavam acesas, formando uma sinuosa linha prateada que contornava o lago. Seu brilho tênue refletia-se nas águas tornando-as quase sobrenaturais, fazendo Ana Paula pensar por um momento que talvez devessem retornar e seguir pela rua, onde pareciam estar mais seguros.

— Você está com medo?

— Claro que não — disse ela. — É que... sei lá! Esse parque me dá arrepios.

André sorriu, olhando ao redor. Sentia uma espécie de fascinação mórbida invadi-lo cada vez que pisava ali. Sua irmã tinha razão. Aquele lugar era realmente estranho, um cenário perfeito para histórias de terror. Havia no ar um clima permanente de mistério, algo perturbador que não se revelava por completo mas tentava insinuar-se, sorrateiro, nos ângulos tortos de algumas árvores.

— Venha, André!

Ele apressou o passo para alcançá-la mais adiante. Agora caminhavam pela pista à direita do lago, próximo ao bosque, de onde se podiam ver os salgueiros. As árvores, sinistras por natureza, haviam sido estranhamente plantadas em sentido circular, formando uma espécie de clareira em meio à vegetação. André já havia observado aquelas árvores da janela de seu quarto. À luz do luar suas folhas adquiriam um brilho intenso, prateado, que contrastava com o contorno escuro das árvores mais distantes, ocultas pela escuridão do bosque. Era macabro.

— Ana, você se lembra daqueles filmes sobre os sabás de feiticeiras nas noites de lua cheia?

— O que têm eles?

— Olhe aqui — disse André, abrindo os braços. — É como se a gente estivesse num cenário...

Ana Paula parou para observar melhor. Sim, o lugar era especialmente arrepiante.

— Sabia que, quando o vento sopra e agita as folhas dos salgueiros, elas produzem ruídos esquisitos?

— Esquisitos? Como assim?

— Parecem lamentos... é como se pessoas estivessem sussurrando em seu ouvido... gemendo e chorando... vozes de outras épocas...

Ana Paula engoliu em seco.

— Se você tiver um pouquinho de imaginação — prosseguiu André —, poderá olhar para elas e ver os vultos movendo-se por entre os troncos, suas vestes esvoaçando-se com o vento, os cabelos longos confundidos entre as folhagens... E, no ar, poderá sentir o aroma adocicado das ervas mágicas sendo queimadas para o ritual sagrado.

— Quer parar com isso? — ela pediu, recomeçando a andar. — Você tem mania de fantasiar tudo o que vê; que coisa mais doentia! Deixa de ser bobo!

— É só uma questão de imaginação, Ana — ele continuou, apressando-se para acompanhá-la.

— Não quero saber!

Um casal de meia-idade passou por eles, de bicicleta. Àquela hora ainda havia alguns corredores solitários fazendo *cooper*, uma ou outra pessoa passeando com seu cachorrinho.

— Falta muito? — reclamou Ana Paula.

— Não... é logo ali, depois daquela curva.

— Estou morta de fome.

— Morto de fome devia estar aquele monstro...

— Que monstro?

— Aquele, que o trombadinha viu naquela noite.

— Lá vem você outra vez...

— Tô falando sério. O garoto quase morreu.

— E que monstro era esse? — ela perguntou, desconfiada.

— Ah, deixa pra lá.

— Deixo nada. Vamos, pode falar — ela insistiu, parando de andar.

Ele voltou-se e encarou-a, tentando parecer sério.

— Um lobisomem!

— O quê?!?

— Um lobisomem. Foi o que ele disse que viu.

— Não acredito!

— Um lobisomem todo negro, de olhos vermelhos e dentes afiados... — ele continuou, mal podendo conter o riso.

— Chega, seu peste! — disse Ana Paula, indo pra cima dele. — Você está me assustando de propósito.

André afastou-se, dando uma gargalhada.

63

— Ficou com medo, hein! — ele provocou, fugindo dela.

— Você vai ver só...

Ele continuou andando em zigue-zague, procurando confundi-la, caminhando para trás, sem ver onde punha os pés. Acabou tropeçando nos arcos de ferro que protegiam o canteiro.

— *Benfeito*! — ouviu sua irmã gritar, ao vê-lo cair de costas sobre as folhagens.

Sentiu um gosto estranho descer por sua garganta, o corpo se adaptando ao imprevisto da queda. Havia batido a cabeça no chão e, apesar do gramado ter amortecido o tombo, estava levemente atordoado.

No momento em que ia se levantar, foi tomado por um estranho pressentimento, o mesmo tipo de sensação que nos avisa subitamente que corremos perigo.

Um ruído chamou sua atenção. Um som de folhas sendo pisadas...

Ao virar-se, sentiu o sangue gelar nas veias.

TEVE ÍMPETOS DE SAIR CORRENDO, MAS UMA VOZ interior aconselhou-o a permanecer imóvel. Absolutamente quieto e controlado.

O enorme cão surgira repentinamente entre as árvores do bosque e correra em sua direção. Agora estava ali, bem próximo, em posição de ataque — caninos à mostra, orelhas encurvadas para trás, rosnando de modo selvagem e hostil. Era todo negro, com dentes afiados que cintilavam, molhados de saliva.

— André! Não se mexa! — gritou Ana Paula, parando a uns três metros de onde ele se encontrava. A voz dela estava repleta de tensão e medo.

André lembrou-se de ter visto um cão semelhante no filme *A profecia*. Devia pertencer a algum corredor solitário que, contrariando as regras do parque, o tinha deixado solto para que corresse à vontade.

"Onde estará o dono dessa fera?", pensou, com a testa molhada de suor.

O cachorro rosnou às suas costas, e André imaginou sentir seu hálito quente bem perto da garganta. Sabia que os animais pressentem o medo em suas vítimas por causa do odor que se desprende da pele, denunciando-as. Tentou controlar-se. Devia estar fedendo a pavor.

— V-vá buscar ajuda! — pediu para a irmã.

Mas Ana Paula não conseguia dar um passo. Estava assustada demais para agir. Tinha medo de deixá-lo sozinho com a fera e, também, de chamar a atenção dela. Afinal, o cão podia mudar de ideia e resolver pegá-la.

Olhou ao redor, desorientada. Por ali não havia nada que pudesse servir de arma — nenhum cano velho ou galho partido. As pessoas mais próximas no momento estavam do outro lado do lago. Não chegariam a tempo de ajudá-los. E agora? O cachorro podia pular no pescoço de seu irmão a qualquer momento!

— O que vai fazer? — disse Ana, impaciente, vendo que o irmão tentava movimentar-se. — Cuidado! Ele pode atacar você!

Mas antes que André pudesse concluir sua intenção ouviu-se um longo assobio vindo do bosque. O cão virou-se bruscamente como se obedecesse a uma ordem. Em seguida farejou o ar, em busca de informações, para saber quem se aproximava.

Parece que não gostou do que viu. *Ou soube.* Rosnou ameaçadoramente, mantendo os olhos fixos em algum ponto entre as árvores.

Hiram surgiu repentinamente na curva da trilha que atravessava o bosque. Seu vulto confundia-se com o contorno opaco dos troncos e camuflava-se entre as folhagens dos arbustos mais densos. Se não fosse pelo movimento de seu andar — ou deslizar —, ninguém o notaria. Era uma sombra da noite.

Caminhava decidido na direção de André, atento como um animal selvagem, os olhos fixos no cão, que o encarava de modo não menos hostil.

Ao aproximar-se, estendeu a mão esquerda e apontou para o cachorro, enquanto dizia palavras estranhas que André não conseguiu compreender.

O cachorro permaneceu imóvel por alguns segundos, depois ganiu baixinho e recuou, dando meia-volta e indo para longe deles.

Ana Paula deu um suspiro de alívio e correu para André, que já se levantara.

— Graças a Deus! — ela disse, abraçando-o. Mas André desvencilhou-se com rapidez para encarar o rapaz que se aproximava.

— Você está bem? — ele perguntou.

Mas André ficara assustado demais para ser educado.

— Não devia andar com uma fera dessas fora da coleira, cara! — gritou, olhando-o com raiva. — Quer matar alguém?

Hiram ficou surpreso por um instante. Sentiu a energia vibrar em ondas de ódio na voz estridente e no olhar furioso daquele garoto. Ele estava bastante assustado. Podia escutar seu coração batendo apressadamente. A respiração, entrecortada. A adrenalina correndo em seu sangue quente. Ele o conhecia. Ele era... *especial.*

Concentrou-se, enquanto vasculhava a mente de André como se remexesse numa gaveta à procura de um par de meias.

Então estava certo! Era o mesmo garoto que invocara as forças malditas. Apenas um moleque. *Irmão dela.*

Que situação desconcertante!

Ana Paula observava-o, curiosa. Que sorte ele ter aparecido bem naquela hora!

— Como vai? — ela disse, com um sorriso charmoso.

— Nada mal...

— Essa foi por pouco, hein, André! Não quero nem imaginar o que podia ter acontecido. Ainda bem que você chegou — disse Ana a Hiram, que reagiu com uma piscada marota. — O cachorro é seu?

— Não — ele respondeu, olhando ao redor. — Deve ser de algum otário a fim de criar confusão.

— Pois eu vou dar queixa na administração do parque! — Ana disse, enfezada. — Onde já se viu um monstro daqueles solto por aí! Quase pegou você, André!

— Pois eu acho que ele teve sorte — comentou Hiram, com ar divertido. — Podia ter sido um lobisomem.

Ana Paula caiu na risada.

— Hiram, este é meu irmão.

Ao ver a mão de Hiram estendida à sua frente, André não sentiu nenhuma vontade de apertá-la. Além de ter passado um bruta susto e dado o maior fora de sua vida, aqueles dois ainda gozavam da cara dele! Era demais. Sentiu vontade de ser grosseiro e deixar o cara lá, de mão estendida, só pra sua irmã morrer de vergonha e, com certeza, azarar o charminho que ela estava botando pra cima daquele tipo metido.

— Oi — ouviu-o dizer, enquanto sentia um calor de raiva subir por seu rosto. No entanto, ponderou que, metido ou não, o cara o havia livrado de uma boa. Odiou ter de fazer aquilo, mas estendeu a mão, contrariado.

Ao tocar a mão de Hiram, foi imediatamente invadido por uma sensação de estranheza. Não era exatamente desagradável, mas sugeria algo perturbador, sobrenatural.

Sentiu-se subitamente — o quê? Desorientado? Não, desorientado não, mas leve, como se estivesse flutuando, em um mundo paralelo. No entanto, podia ver que à sua volta tudo estava normal.

Olhou para sua irmã e a viu sorrir. Ela dizia algo que ele não pôde compreender. Estavam lado a lado e, no entanto, pareciam pertencer a lugares diferentes, como se uma fina membrana entre mundos impedisse toda e qualquer comunicação.

Então sua mente, confusa, voltou no tempo. Em segundos, tudo que já havia lido a respeito de vampiros emergiu de repente, como um monstro sedento, das profundezas de algum compartimento maldito de sua memória. E ele foi interpretando os fatos...

... A sétima e última noite de lua cheia do Ritual de Chamamento. A súbita aparição entre as folhagens do parque. O poder sobre os animais. O rosto, tão alvo. O ar misterioso, distante. E seu toque — *vampirescamente reconhecível.*

Aquela conclusão medonha o deixou fascinado de assombro. Parte dele já sabia o que fazer. Lera o livro dezenas de vezes. Sabia exatamente o que devia fazer... e o que esperava por ele depois daquilo.

Sentindo o corpo transpirar, o coração bater com força no peito, encheu-se de coragem e, segurando a mão de Hiram com firmeza, olhou diretamente para ele.

Seus olhos
eram infinitamente belos,
tão próximos
e distantes,
arrebataram meus olhos
por um instante
e quase pensei
morrer.
Eram infinitamente
profundos,
um mar de sensações
inexploradas,
um vento a soprar
minha negra alma
aos braços
da eterna escuridão.

Seus olhos
eram infinitamente
meigos,
a comandar meus sonhos
por inteiro.
E, assim,
ao seu poder
me vi perdido,
infinitamente
reconhecido,
e por amá-los
mais que tudo,
loucamente,
tornei-me
de seus olhos
prisioneiro.

ANDRÉ PENSOU QUE FOSSE SUFOCAR. A SENSAÇÃO de euforia tomou-o por completo e fez seu corpo estremecer. Sentiu-se atordoado, a pele quase que eletrificada e pareceu-lhe estar caindo de uma altura infinita, deslizando nos trilhos de uma montanha-russa que parecia não ter fim.

— André! Você está bem? — ouviu sua irmã perguntar, preocupada.

— O quê? — respondeu, hesitante.

— Você está bem? Está tão pálido, que coisa mais esquisita... — ela completou, colocando a mão em sua testa. — Você machucou a cabeça?

André não conseguia tirar os olhos de Hiram. Tinha certeza de que estava diante de um...

— Algum problema? — Hiram perguntou, após um momento.

— Não! — disse André, rapidamente. — Claro que não! Só estou um pouco... cansado, é isso. Acho melhor irmos andando — sugeriu, inquieto.

— Também acho — concordou Ana Paula. — Estou com uma fome daquelas.

— A pizzaria fica logo ali — disse André, começando a andar.

Hiram e Ana Paula foram caminhando um pouco mais à frente, mas André ficou atento ao papo que rolava. Em sua mente mil pensamentos fervilhavam. Ainda sentia em seu corpo as sensações fantásticas do Reconhecimento.

Era exatamente como o livro descrevia. Assombroso! Apavorante! Simplesmente fantástico! Todo seu corpo formigava de emoção. Parecia um sonho maluco que se tornara realidade. Tudo, afinal, dera certo. Ele atraíra um monstro das trevas, conforme desejara. Só não esperava que ele fosse conquistar sua irmã! E essa agora?

— Você mora por aqui? — ouviu Ana Paula perguntar.

— Aqui perto — disse Hiram, baixinho. — Perto o bastante pra tomar conta de você.

Ela sorriu. Seus ombros se encostaram e ela sentiu o perfume almiscarado que vinha dos cabelos dele. Uma sensação gostosa percorreu seu corpo. Ele era muito atraente... e parecia gostar dela também.

— Não é muito seguro andar por aqui à noite.

— É... eu sei. Mas quis fazer a vontade de André. Ele é louco por esse lugar.

— É mesmo? — disse Hiram, interessado.

— Ah, ele vive dizendo que esse parque é...

— *Ana!* — interrompeu André, antes que ela dissesse alguma bobagem. — Você viu quem era o dono do cachorro?

— Não. Aquela fera sumiu tão depressa que nem deu tempo de ver se o dono estava por per... — e parou subitamente de falar.

— O que foi? — quis saber Hiram.

— Como você conseguiu fazer aquilo? — ela perguntou, intrigada.

— Aquilo o quê?

— Dominar o cachorro — completou André, ansioso para ver que explicação ele ia dar.

— É segredo — disse Hiram, após um momento, lançando um olhar misterioso em direção a André. — São truques que aprendi com meu pai.

— Interessante! — comentou Ana Paula, impressionada.

Já haviam chegado à entrada principal do parque. Hiram adiantou-se e afastou o portão de ferro com extrema facilidade.

Do outro lado da rua podia-se ver o luminoso da pizzaria, piscando alegremente.

— Legal encontrar você outra vez — despediu-se Ana Paula, com um sorriso.

Nesse momento Hiram observou que Nill cruzava a rua, com a intenção de juntar-se a eles. Com apenas um olhar sugeriu que o esperasse na esquina, onde estavam as motos.

— A gente se vê por aí — ele disse, voltando-se para ela com ar sedutor. Ana sentiu o corpo estremecer quando ele a olhou demoradamente. Percebeu que seu rosto devia estar completamente em brasa. Ele aproximou-se para beijá-la mas, no segundo seguinte, pareceu mudar de ideia. Depois virou-se e começou a andar.

Ana Paula ia dizer alguma coisa mas conteve-se, inconformada. Ele ia embora assim, sem ao menos pedir seu telefone?

— Se cuida, André — ouviu-o dizer, antes de atravessar a rua.

André ficou parado lá, feito um idiota completo. Nem tinha dado tempo de pensar no que fazer... ficara o tempo todo prestando atenção na conversa dos dois! Viu Hiram subir em sua moto e sair na companhia de outro rapaz, em direção oposta à do parque. Observou que o outro carinha tinha cabelos escuros e lisos como os de um índio. E aquela roupa... *onde tinha visto uma camiseta igual?*

Gelou, ao concluir seu pensamento. Ainda precisava ter certeza absoluta. Mas estava desconfiado de que aquele bairro era totalmente dominado por vampiros.

ANDRÉ OLHOU PARA SUA IRMÃ, DESCONFIADO. PELO modo de ela agir só podia significar uma coisa.

— Ana, onde vocês se conheceram? — ele disse, entrando no quarto.

— Foi lá no Porão, aquela danceteria.

André achou a ideia interessante. Não havia imaginado isso, mas agora fazia sentido. Vampiros da idade de Hiram só podiam gostar de *rock*, é claro.

— Ele... estava com a turma? — perguntou, tentando não levantar suspeitas.

— Não! As meninas ainda não o conhecem... Só quero ver a cara da Bia quan...

— Você não entendeu! — disse André, impaciente. — Quero saber se ele tinha uma turma de amigos, você sabe, uma gangue de motoqueiros ou coisa desse tipo.

Ela voltou-se para ele, enfezada:

— O que é isso? Um interrogatório? Tá parecendo a mamãe!

André suspirou. Que gênio insuportável ela tinha!

— É que... eu acho que ele namora uma garota lá da escola — atacou, mortalmente.

— Tem certeza? — ela disse, surpresa.

— Tenho — mentiu André. — Eu já vi os dois passeando de moto por lá.

— Ela... é bonita? — quis saber Ana Paula, enciumada.

— Ah... é um tipo comum. Alta, loira, de olhos verdes... Meus amigos dizem que ela é uma gostosa.

Ana Paula desabou depois dessa. Como ia competir com aquele "monumento"?

— Bem que eu achei estranho um cara tão bonito estar sozinho lá na danceteria — ela disse, mal-humorada.

— Ele estava sozinho? — exclamou André, triunfante.

— Acho que sim... Ele veio conversar comig... — e, subitamente, parou de falar.

— O que foi?

— Não consigo me lembrar direito... Acho que ele me acompanhou até o carro... Ou dançou comigo e depois... que coisa esquisita! — ela disse, intrigada. — Não consigo lembrar o que aconteceu naquela noite. Só sei que ele foi adorável... — completou, com um sorriso.

André empalideceu. Ela exibia duas das reações mais óbvias de contato com vampiros: sensibilidade à sedução e perda parcial da memória. *Será que Hiram havia mordido sua irmã?*

— Ele se comportou de forma estranha, Ana? — perguntou, escolhendo as palavras com cuidado.

— Como assim, de forma estranha?

— Ah, sei lá... — atrapalhou-se André. — Ele dançava sem parar? Recusava bebidas? Tentava beijar você à força...

— Me beijar à força? — admirou-se Ana Paula. — Que conversa é essa, André?

— Sei lá... — ele disfarçou, aproximando-se dela para observar se em seu pescoço havia alguma marca suspeita. Mas, felizmente, não viu nada que o preocupasse.

Ana Paula deitou-se na cama, com ar sonhador.

— Sabe o que mais? — ela disse, determinada. — Não importa se essa loira aguada está por perto. Eu sou mais *eu!*

André não podia acreditar no que via. Sua irmã estava caidinha por um vampiro. E nem sabia que eles existiam!

ANDRÉ FOI PARA O SEU QUARTO AINDA IMPRESSIonado com aquela terrível descoberta. Que sensação fantástica a de reconhecer um vampiro! Só de lembrar, arrepiava-se... Pegou o Livro Maldito dos Vampiros e folheou-o, procurando o capítulo dos conselhos práticos.

"Se você reconheceu um vampiro, pode ter certeza de que ele já sabe disso. Os vampiros são muito sensíveis e possuem um poderoso instinto de conservação. A mais leve mudança na expressão facial humana é percebida como se fosse um gesto."

André estremeceu. Agora não podia recuar. Precisava investigar mais. Descobrir onde ele vivia, se havia outros como ele e, principalmente... saber se o aceitaria como amigo.

HIRAM ESTACIONOU A MOTO EM FRENTE À CASA. Olhou a lua no céu escuro e soube que já era quase meia-noite. Todos deviam estar à sua espera. Atravessou o portão e subiu os degraus de madeira. Embora se esforçassem para manter a casa com um aspecto decente, havia um certo ar de abandono naquele lugar. Talvez fosse pelo mato do jardim, bastante crescido, ou então a janela do segundo andar, com uma das persianas pendendo estranhamente para o lado esquerdo. E também havia o cheiro... É claro que era necessário um certo treinamento para perceber o sutil odor que pairava por ali. No entanto, precisava estar alerta. A casa não devia levantar a mais leve suspeita. Nenhum humano curioso podia transpor o portão, incentivado por suas fantasias supersticiosas, e descobrir, talvez, que as pessoas que habitavam aquele lugar eram... *diferentes.*

Por isso estava muito irritado com alguns vampiros do grupo. Eles vinham tendo comportamentos bizarros que atraíam a atenção alheia, expondo-se de modo quase infantil à descoberta humana.

Devia falar sobre isso, garantir a obediência às regras. E, se houvesse algum tipo de oposição, teria de agir de modo mais convincente.

Abriu a porta e atravessou a sala, alcançando o vão da escada interna. Desceu pelos degraus que levavam até o porão, alguns metros abaixo. Caminhou com facilidade na densa escuridão, por entre móveis velhos e caixas de papelão semidestruídas, cobertas de pó. Junto da parede oposta à porta, oculto pelo desenho geométrico do piso de madeira, estava o alçapão secreto.

Pressionou um dos tacos do rodapé, fazendo-o levantar. Imediatamente a tampa do alçapão desencaixou-se, deslizando horizontalmente para o lado esquerdo. Hiram ultrapassou a abertura e desceu mais alguns degraus, atingindo o corredor estreito que dava acesso ao antigo subterrâneo. Com seus passos de vampiro, extremamente rápidos e ágeis, percorreu o caminho de terra até chegar à galeria onde se encontravam os demais.

A luz de inúmeras velas iluminava o ambiente. Eles estavam sentados em velhas poltronas e caixotes, conversando, entre latas de cerveja espalhadas aqui e ali.

— Ohhhh! — disse Luke, gesticulando de modo afetado. — O todo-poderoso chegou!

Hiram cumprimentou os outros vampiros, abriu uma lata de cerveja e sentou-se ao lado de Nill.

— Não tenho muito prazer em ver vocês quando algo sai errado — disse Hiram, após beber um longo gole.

Luke olhou para Daimon, com uma expressão cínica no rosto. Já havia bebido demais e isso piorava seu gênio, violento por natureza.

— Vou ter de lembrar a vocês, *mais uma vez* — frisou Hiram, encarando Luke por um segundo —, que devem fazer suas vítimas longe daqui.

— O cemitério não é bastante longe para você? — provocou Luke, sorrindo, zombeteiro.

— Não! — disse Hiram, amassando a lata num movimento brusco. A espuma desceu pela abertura, deslizou por sua mão e pingou no chão. — Não quero ninguém investigando aqui por perto. Procurando testemunhas, perguntando aos vizinhos se desconfiam de alguma coisa.

— Isso tudo é uma merda sem fim! — disse Luke, irritado, levantando-se.

Hiram cerrou os punhos.

— Diariamente morrem centenas de pessoas nesta cidade — prosseguiu Luke, com ar feroz. — Metade delas de algum modo violento. Por que se importar com algumas gargantas estraçalhadas?

— Por um simples motivo, como já disse — retrucou Hiram, encarando-o. — Porque não quero ninguém me caçando enquanto eu estiver dormindo.

— Nós sumimos com o corpo! — disse Daimon, procurando se justificar.

— Cale a boca! — berrou Luke, avançando em sua direção.

Hiram levantou-se, num pulo, colocando-se entre eles.

— Já sei qual o problema que temos aqui! — disse, lançando um olhar ao redor. — Você não sabe seguir as regras, não é mesmo? Não sabe se controlar! Só escuta a própria voz!

Luke ficou furioso.

— É isso mesmo! Mato quem eu quiser, onde quiser, do jeito que quiser! — vociferou, mostrando os dentes. — Já estou de saco cheio de suas intromissões, ordens e... da sua carinha bonita — ironizou, batendo de leve no rosto de Hiram.

— Não! — gritou Bóris, antes que eles se atracassem.

Hiram precisou se dominar e reverter o processo de transformação. Seu desejo era massacrar Luke sem piedade. Já havia tido muita paciência com aquilo. Além da conta.

— Parece que Luke se rebelou! — disse Hiram, caminhando até o centro da galeria. — Insiste em não reconhecer quem é o chefe por aqui! Comporta-se como um estúpido, expõe-nos ao perigo e desafia minha autoridade.

— Não me interessa a sua autoridade! — berrou Luke, alucinado. — Somos vampiros transformados. Precisamos seguir alguém que seja como nós, que pense como nós, *que aja como nós*!

— Alguém como *você...* — completou Hiram, *sarcástico.*

Luke ficou em silêncio. Em seus olhos havia um brilho insano, uma crueldade feroz e ilimitada.

— Pois muito bem — prosseguiu Hiram, voltando-se para os outros. — Quero saber quem está comigo. E aviso: não adianta mentir! Seria inútil. Posso descobrir a verdade em segundos.

Os vampiros se entreolharam, curiosos. Havia excitação no ar, um clima eletrizante, uma possibilidade de final sangrento para uma situação que já se prolongava há meses.

Nill foi o primeiro a manifestar seu apoio a Hiram. Bóris o seguiu, encarando os outros com ar desafiador.

Daimon hesitou. Fora transformado por Luke e, segundo os antigos costumes, devia-lhe gratidão por não ter sido morto.

— Você tem dúvidas, Daimon? — perguntou Hiram, sondando-lhe os pensamentos.

Daimon sentiu-se invadido por uma força que desnudava seus desejos mais secretos, trazendo à tona horrores sepultados, revirando sua memória como o vento de outono nas folhas secas. Hiram pôde perceber toda a dor que ele sentira por ter perdido a família num incêndio, toda a maldição de ter sido o único sobrevivente, toda a fragilidade e solidão, a desistência, o desejo de morrer.

— Pare, por favor! — ele pediu, quase sem forças.

Luke pulou sobre Daimon como uma sombra malévola.

— *Ele é meu!* — gritou, alucinado, arrastando-o para longe.

— Você não tem o direito de usá-lo! — explodiu Hiram, furioso. — Não percebe que isso não é lealdade? Ele tem medo! Apenas medo!

— Gosto que tenham medo de mim! — disse Luke, começando a se transformar.

— E eu gosto que saibam *por que* devem temer a mim — ameaçou Hiram, arreganhando os lábios por um instante, mostrando as presas pontiagudas. — Saia da minha frente senão...

Luke olhou Hiram com desprezo. Não tinha apoio para iniciar uma briga de poderes. Bóris e Nill estavam contra ele. Daimon comportara-se como um fedelho mal-agradecido. Ele estava só. Mas não por muito tempo.

— Vocês irão se arrepender disso! — murmurou, antes de retirar-se.

Hiram abriu outra cerveja. Mas antes que Luke desaparecesse na escuridão do corredor, gritou:

— *É meu último aviso!*

O vento sopra
meu nome em sua mente.
Ouça meu chamado
ouça-me, somente.
Venha,
dance comigo,
vamos deixar o medo
lá fora.
E acreditar
que em nossos corpos,
famintos,
só o desejo mora.
A chuva molha meu nome
em sua mente.
Ouça meu chamado
ouça-me, somente.
Negros ventos
sopram meu nome
em sua mente.
Ouça meu chamado
ouça-me,
somente.

Pouco A POUCO AS IMAGENS FORAM TOMANDO conta de sua mente adormecida. O uivo do vento, sibilando pelas cortinas da janela, fazia brotar em seu corpo agradáveis sensações de volúpia. Ela parecia flutuar, leve, pairando acima de seus medos e defesas. A respiração, entrecortada, deixava escapar gemidos incompreensíveis.

Foi envolvida por um estranho sentimento de abandono que se tornava cada vez mais arrebatador. Mais forte que sua vontade. Impossível de ser evitado.

De algum lugar distante dentro de seu sonho ecoou uma voz indefinida, um murmúrio lamentoso que a fez estremecer. Como se atendesse a um misterioso chamado, ela entregou-se. Sua mente foi tragada para um mundo de ilusões, absorvida com avidez e prazer por aquela presença irresistível que a atraía. Não houve luta. Apenas a terrível certeza da descoberta. A voz que a chamava parecia nascer da escuridão.

NAQUELA MANHÃ ANA PAULA DORMIU ATÉ MAIS TARDE.

Bem que ouviu sua mãe chamar para o café, mas não quis levantar-se, alegando estar com dor de cabeça. Na verdade queria ficar deitada, vigiando os cantos escuros de sua memória, pensando em tudo que acontecera. Aquele sonho confuso, tão intenso, a deixara exausta. E intrigada também, embora não pudesse se recordar claramente dele. Havia em seu corpo uma sensibilidade que não conhecia, algo que latejava em cada poro da pele, uma necessidade dolorosa de viver novamente todas aquelas sensações. Era bem estranho.

Depois de algum tempo acendeu a luz do abajur e sondou os barulhos da casa. Estava silenciosa, sinal de que André e sua mãe já haviam saído. Espreguiçou-se, sentindo uma nova onda de torpor invadir seu corpo. Ainda bem que, às quartas-feiras, o estágio que fazia na escola maternal acabava às quatro da tarde. Assim, poderia descansar logo que chegasse.

O toque do interfone interrompeu seus pensamentos.

— Ana? É da portaria. Alguém deixou um bilhete pra você...

— Um bilhete? — ela repetiu, surpresa.

— Parece que foi de madrugada... Um rapaz... não me lembro direito do nome. O vigia me entregou antes de ir embora.

Ana sentiu um agradável calor percorrer seu corpo. De algum modo misterioso ela pressentiu, soube com espantosa certeza quem havia deixado a mensagem. Era como se um desejo tivesse se concretizado. Uma vontade atendida.

Eufórica, enfiou um agasalho de moletom e desceu pelas escadas, saltando os degraus de dois em dois. Nunca o elevador demorara tanto!

Quase arrancou o envelope das mãos do homem. A caligrafia era firme, uniforme. Letras negras em um papel branco.

"As fadas saem para dançar
quando a lua está cheia e brilhante."
Hiram

Sorriu, sentindo todo o seu corpo vibrar. Aquilo era um convite, não era? Misterioso, criativo... encantador. Se ele continuasse a agir dessa maneira, ficaria apaixonada.

ANDRÉ SAIU DA ESCOLA E PERCORREU A CALÇADA que contornava o parque, até atingir o ponto onde tinha início a antiga escadaria. Os degraus levavam para a rua de cima, inofensivos como os de uma igreja.

No entanto, aquela passagem era um perigo à noite! Ninguém se arriscaria a atravessá-la. Podia servir aos propósitos obscuros de algum malfeitor. Mas era apenas uma hora da tarde. Até o pôr do sol tinha tempo de sobra para colocar seu plano em prática.

Logo avistou a placa da academia no meio do quarteirão. Sorriu, satisfeito. Era aquela! Lembrava-se de ter visto o mesmo símbolo, uma águia dourada, na estampa da camiseta que o amigo de Hiram usava. Restava agora descobrir que ligação ele tinha com aquele lugar. Então atravessou a rua e caminhou para lá.

Parecia uma casa comum, adaptada para servir de escola. Alguns carros estavam estacionados no pátio em frente e, vista de fora, nada tinha que pudesse levantar suspeitas ou receios infundados. André parou na entrada e, por um momento, reavaliou suas possibilidades. Então, já decidido, empurrou a porta com cuidado e entrou.

Havia pouca luz na sala. Apenas um abajur iluminava o pequeno sofá de dois lugares e a mesa de recepção. As paredes brancas exibiam quadros com estranhas figuras humanas, algumas despidas, dançando ou em poses inaturais. Uma, em especial, lhe chamou a atenção. Mostrava um homem vestido de negro, de braços abertos, pairando no ar. As mãos eram como garras e sua expressão, terrível! Olhos malignamente vermelhos brilhavam no rosto desfigurado.

André engoliu em seco. O que faria o amigo de Hiram num lugar como aquele? Nesse momento, um ruído chamou-lhe a atenção. André voltou-se rapidamente, com o coração aos pulos.

— Posso ajudá-lo? — disse a garota, olhando-o com interesse.

— Ah... eu estava passando e pensei em... conhecer a academia — disse, procurando controlar o nervosismo.

Ela sorriu e sentou-se, após retirar um folheto da gaveta lateral.

— Tome, aqui tem todas as informações de que precisa. Preço, número de aulas por semana, modalidades de esporte...

— Sei... Vocês usam uniforme? — André perguntou, tentando parecer o mais natural possível.

— Como assim, usamos uniforme?

— Bem... sabe como é, às vezes o uniforme sai mais caro que a matrícula... — brincou, sem jeito, diante do olhar de surpresa da garota.

— Não.

— Não?!

— Bem, na verdade temos uma camiseta que todos os professores usam e alguns alunos também... por ser mais prático, entende?

— Quanto custa?

— Humm... deixe ver. Parece que...

— Você tem alguma aí? — ele perguntou, ansioso.

Ela remexeu numa espécie de baú que havia embaixo da mesa. Em seguida, exibiu o saco plástico com a camiseta preta. Era igualzinha à que ele vira!

— Aqui está! Mas o preço foi mudado a semana passada...

— Não tem importância! — disse André, satisfeito com o resultado da investigação. — Eu volto amanhã...

— Por que você não vem à noite? — ela sugeriu, sorrindo de um modo que lhe pareceu estranho.

— À noite? — ele se espantou.

— É... ver uma aula, falar com os professores.

— Ah, claro... Eu voltarei — foi dizendo, enquanto se encaminhava para a porta. Mas, ao tentar girar a maçaneta, percebeu que ela estava trancada! Sentiu o coração bater mais forte ao perceber um rápido movimento atrás de si. E aquele estranho som novamente, farfalhante, de gelar os ossos. Não teve coragem de olhar para trás.

— Deixe eu ajudar... Às vezes ela encrenca — sussurrou a garota, bem perto dele, estendendo as mãos brancas de unhas longas e vermelhas. Podia sentir a respiração dela em seu pescoço. — Pronto! Está aberta.

André agradeceu e saiu rapidamente, sem se voltar pra ver se ela o observava. Aquilo tinha sido mais emocionante que um filme de terror!

Sua vida
é sempre a mesma
dia após dia
Tudo o que você faz
faz da mesma maneira
dia após dia
Eu posso lhe mostrar
um novo mundo
uma luz diferente
Guarde seu corpo, seu coração,
entregue sua alma para a noite
Venha para mim
quando estiver sozinha
Venha para mim
quando precisar de algo novo
Venha para mim
quando estiver cansada
Porque eu tenho algo especial
para você
só para você.

ANA PAULA ESTAVA SUPERAGITADA. JÁ HAVIA CON-
sultado três calendários diferentes. Em todos eles a informação era a mesma: a lua cheia só entraria às dez horas e
quinze minutos de sábado.

Isso queria dizer o que não fora dito claramente no
bilhete de Hiram. O convite enigmático era pra aquele
fim de semana, e ela deduziu que o encontro deveria
acontecer no sábado, no mesmo lugar onde haviam se
conhecido. Ou seja, na danceteria. Aquilo era tão exci-

tante! Tão diferente das atitudes comuns dos outros rapazes que conhecia... E ela queria estar linda nessa noite especial.

— Posso saber quem é o felizardo? — perguntou sua mãe, com uma expressão divertida, olhando as roupas que Ana experimentara amontoadas sobre a cama.

Ana piscou pra mãe, maliciosa.

— Um gato gatézimo! Mãe, este vestido vermelho fica melhor que este? — perguntou, em dúvida novamente.

— Quem é ele? — insistiu a mãe, ajeitando as alças do vestido, que se cruzavam nas costas.

— Seu nome é Hiram. Ele é lindo, educado, charmoso e poeta! Nós nos conhecemos lá no Porão. Mãe, as meninas vão morrer de inveja! Ele é simplesmente...

— Esquisito! — disse André, aparecendo de repente na porta do quarto.

— Esquisito? — repetiu sua mãe, interessada.

— Que negócio é esse, André? — bufou Ana Paula, vermelhinha de raiva.

— É sim... esquisitão — ele afirmou, querendo sondar os sentimentos da irmã. — Anda pra lá e pra cá com aquela moto, todo exibidão...

— Moto?!? — espantou-se a mãe. — Que negócio é esse, Aninha? Não quero você na garupa de nenhum motoquei...

— Mas, mãe, eu nunca andei de moto com ele! Nós vamos nos encontrar no sábado, lá no Porão.

92

— *Sábado?* — gritou André, espantado.

— É. O que tem de mais? A gente tá se paquerando, só isso! — e lançou um olhar fulminante em direção a André. — E o que você tem que se intrometer? Já se esqueceu que ele salvou sua vida lá no parque?

— Salvou sua vida? — repetiu a mãe, mais surpresa ainda. — Que negócio é esse, André?

— Nada, mãe! É só um jeito de dizer... — ele retrucou, medindo forças com a irmã.

— E então, mãe? Uso qual? — Ana perguntou, mostrando que tinha o domínio da situação e da conversa.

— Até sábado você decide — disse a mãe, achando graça naquela pressa toda.

— Por favor... quero a sua opinião.

— Para encantar, o azul, para seduzir, o vermelho — avaliou a mãe, após um momento.

— Vou de vermelho — Ana decidiu.

— Mas tem uma coisa! — avisou a mãe, categórica, antes de sair do quarto. — Na primeira oportunidade, convide o rapaz para vir aqui. Quero conhecer de perto esse... herói-poeta.

— Pode deixar, mãe. Se ele ligar antes de sábado, eu peço pra vir me buscar — disse Ana, com um sorriso de vitória.

André empalideceu. Elas estavam malucas? Convidar um vampiro para entrar em casa? Só faltava essa! Precisava fazer alguma coisa bem depressa. Não podia deixar que isso acontecesse antes de terminar a investigação e ter certeza de que Hiram era um vampiro confiável. Mesmo assim, seria arriscado. Era o pescoço de sua irmã que estava em jogo!

Sentindo um aperto no estômago decidiu antecipar todo o plano.

ΠA QUARTA-FEIRA À NOITE, ANDRÉ TEVE UMA AJUDA extra para sair de casa. Suas tias apareceram pra tomar um café e jogar cartas com sua mãe, que ficaria entretida o bastante pra não prestar atenção nele nas próximas duas horas. Seria um tempo mais que suficiente pra vigiar a academia e descobrir se o amigo de Hiram a frequentava.

Passou pelo quarto de Ana Paula e encostou o ouvido na porta. Ela ainda falava ao telefone, a tagarela.

Vestiu o blusão de náilon, pegou o canivete, a lanterna e escorregou pelo corredor até a cozinha, sem que ninguém desconfiasse de nada. Desceu as escadas até o térreo e saiu pela porta de serviço do prédio.

Eram oito e quinze. Respirou fundo e tirou o papel amassado do bolso da calça. Segundo o folheto, as aulas de aeróbica e musculação terminavam às nove e meia. Já era tarde. Mas precisava arriscar. Não podia perder tempo!

Atravessou a avenida e caminhou em direção oposta à do parque. Não pretendia chegar à rua de cima subindo por aquela maldita escadaria. Então resolveu dar a volta pelo quarteirão lateral. Era mais demorado, mas ele compensaria caminhando bem depressa. Observou que ainda havia movimento na rua. Gente no ponto de ônibus, na pizzaria, carros parados em frente à videolocadora onde ele alugava os filmes de terror. Pessoas que nem podiam imaginar o que ele estava espreitando. A menos, é claro, que houvesse algum vampiro entre eles.

Sentindo um arrepio na espinha, André apertou o passo e tratou de não perder tempo. Mais um pouco e estaria bem em frente ao alvo.

JÁ ERAM QUASE DEZ HORAS DA NOITE QUANDO André viu o amigo de Hiram sair pela porta. Sorriu, satisfeito. Então estivera certo o tempo todo! Ser observador até que tinha suas vantagens — concluiu, abaixando-se entre as folhagens para esconder-se. Havia invadido o jardim daquela casa e por sorte não encontrara nenhum vigia ou cão-de-guarda a quem tivesse de dar explicações. Era uma antiga imobiliária que ficava bem próxima à academia, do outro lado da rua. Um lugar perfeito pra espionar.

Viu quando ele se despediu da garota com um beijo, atravessou o pátio e virou à esquerda, caminhando pela calçada em direção à antiga escadaria.

André pensou rapidamente. Se tivesse sorte, podia seguí-lo e descobrir para onde ia depois da ginástica, com quem andava e, quem sabe, até onde morava! Restava saber se valia a pena correr o risco. Aquele lugar era bem perigoso para se andar à noite. Podia ser assaltado ou coisa muito pior. E se o amigo de Hiram também fosse um vampiro? — o que era bem provável. Podia agarrá-lo entre as sombras do muro e sugar seu sangue com a facilidade de quem toma um refresco.

Hesitou, diante dessa hipótese. Aquilo não era assim tão fácil de resolver. Olhou o relógio de pulso, aflito. Às dez e meia suas tias costumavam ir embora e certamente desejariam se despedir dele. Não havia tempo para indecisões. Precisava agir. E rápido.

Saltou o pequeno muro do jardim e caiu na calçada. Esgueirou-se por trás de uma árvore, como um fugitivo, sem tirar os olhos de seu alvo. À distância podia ver o contorno do corpo do rapaz na claridade do luar. Ele era tão alto quanto Hiram, e forte também. Por um momento sumiu, encoberto pelo ônibus de turismo estacionado naquele trecho da rua, para em seguida reaparecer, dobrando à direita para descer a escadaria.

André apertou o passo, depois começou a correr. Não podia perdê-lo de vista, permitir que se afastasse muito, o que achava particularmente difícil, pois eram quase cem degraus! Cem degraus que terminavam na calçada em frente ao portão principal do parque.

Mas quando André chegou ao topo da escadaria e espiou para baixo, teve uma desagradável surpresa. O lugar estava absolutamente vazio.

André mal podia respirar. Seu coração batia com força enquanto tentava colocar em ordem seus pensamentos. Uma pessoa normal não conseguiria descer todos aqueles degraus em tão pouco tempo — ponderou. Era impossível! Também não havia portões nem passagens ao longo dos muros. Eles eram altos demais, não podiam ser escalados. Então, onde diabos havia se metido aquele cara?

Olhou demoradamente para a escadaria deserta, pensando se devia descê-la ou não. Talvez pudesse alcançá-lo, ver em que direção estava indo e continuar a segui-lo. E por que não fazia isso? Por que motivo não estava convencido de que esta era uma boa ideia?

Ora! — sussurrou sua mente, fazendo-o estremecer. — *Porque aquela situação era especialmente arriscada. A fraca iluminação da rua criava vácuos escuros junto ao muro. Escuros o bastante para ocultar alguma coisa. Ou alguém* — concluiu, inquieto.

Foi nesse momento que André ouviu o barulho. Em algum lugar do outro lado da rua, bem atrás dele. Voltou-se, lentamente, sabendo que alguém o observava. Mas a imensa árvore cobria a luz que vinha do poste, criando uma sombra impenetrável naquela parte da calçada. Não podia ver nada ali, mas pressentia uma presença à espreita, olhando para ele. Esperando.

André sentiu medo. Sua intuição lhe dizia para dar o fora o quanto antes. Imediatamente. Então, num movimento abrupto, girou nos calcanhares e disparou pela rua, correndo sem parar até chegar na porta de seu prédio.

Se tivesse prestado mais atenção, teria visto a escuridão se mexer.

LUKE TOMOU O ÚLTIMO GOLE DE CERVEJA ANTES DE começar a falar. Estava levemente embriagado, mas sua voz soava dura, hostil, com a aspereza habitual. No entanto, havia algo mais. Uma determinação cega e absoluta, um tom insano e profético em suas palavras.

— Vou matá-lo.

Os outros vampiros se entreolharam e sorriram fascinados pelo ódio que ele sentia.

— E como vai fazer isso, hein? — Daimon quis saber.

— Somos todos imortais.

Luke levantou-se e começou a caminhar, inquieto. Estavam na parte mais antiga do cemitério, o lugar onde faziam suas reuniões secretas.

— Hiram é muito poderoso, Luke. E esperto também. Por que você não esquece tudo isso e se muda daqui? Há tantas outras cidades violentas no mundo...

— Sempre há uma maneira de destruir alguém — ele disse, secamente. E desapareceu entre as lápides.

NA NOITE SEGUINTE ANDRÉ ESTAVA DECIDIDO A NÃO se deixar dominar pelo medo novamente. Fizera papel de bobo, fugindo daquela maneira como um bicho assustado. Afinal, podia ter sido apenas sua imaginação que o fizera ouvir coisas. Mas, desta vez, optaria pelo confronto direto. Restava somente essa oportunidade, porque o encontro de sua irmã com o vampiro seria na noite seguinte.

Estava sozinho em casa. Sua mãe e Ana Paula haviam ido ao supermercado. Que sorte! Daria tempo de ir até a academia e voltar sem maiores problemas. No momento em que ia abrir a porta, o telefone tocou.

— Alô — disse.

Silêncio.

— Alô! — repetiu mais alto, achando que não tinha sido ouvido.

Nada.

André calou-se e prestou atenção nos ruídos que chegavam pelo fone do aparelho. Pressentiu alguém à escuta. Podia ouvir a respiração, num ritmo lento.

— Quem é? — perguntou, desconfiado.

Nenhuma resposta.

— O que você quer? — insistiu, a voz ligeiramente alterada.

Silêncio.

Alguém permanecia na linha mas não dizia nada. Quem poderia ser? Hiram, querendo falar com sua irmã? Um engano do tipo número errado? Um trote? Ou alguém que tinha conhecimento de que ele estava sozinho em casa?

Alguém que pretendia assustá-lo.

André ia dizer um palavrão daqueles, mas foi interrompido pelo barulho do clic do outro lado da linha. Haviam desligado!

Respirou fundo, tentando controlar-se. Nada iria impedi-lo de fazer o que precisava ser feito. Saiu, trancou a porta, entrou no elevador e desceu.

LÁ FORA VENTAVA BASTANTE E UMA GAROA FIZERA baixar a temperatura. André subiu o zíper do agasalho e ajeitou o capuz na cabeça. Eram oito e meia, mostrava o relógio da torre da igreja. Caminhou rapidamente em direção à avenida, pensando em como seria desagradável vigiar a entrada da academia embaixo daquela chuvinha chata.

No entanto, ao atravessar a rua, foi surpreendido por um fato absolutamente inesperado. O amigo de Hiram estava saindo da pizzaria... como entregador! Usava um avental colorido e havia prendido o cabelo num rabo de cavalo, mas André o reconhecera quase que imediatamente. Pelo jeito a entrega não era longe, pois dispensara o uso da moto.

Sentindo que aquela era sua noite de sorte, ocultou-se atrás de uma árvore para observar qual caminho ele iria tomar. Então, em uma súbita mudança de planos, decidiu segui-lo.

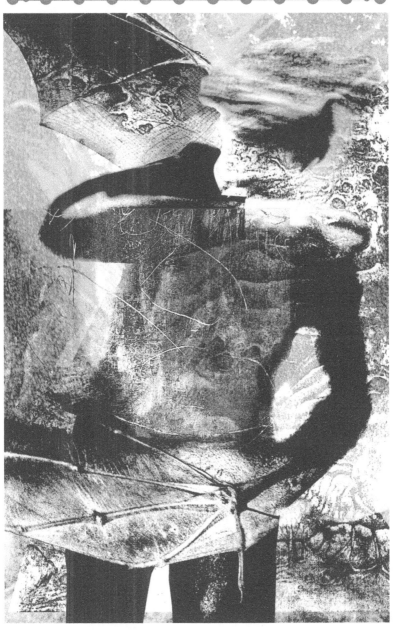

Viu-o subir a avenida, contornar a praça e entrar num prédio de oito andares que havia na esquina. Esperou alguns minutos até que ele saísse.

Decidiu que, assim que ele atravessasse a rua, iria chamá-lo para uma conversa. Se algo desse errado, bastaria correr e entrar no prédio, pedindo ajuda ao zelador.

Mas ocorreu outro imprevisto.

O amigo de Hiram caminhou sem pressa pela calçada até parar na esquina, sob a amarelada luz de um poste. Parecia indeciso. Então, subitamente, começou a andar no sentido oposto ao da pizzaria, em direção ao parque! Será que percebera que estava sendo seguido e agora procurava atraí-lo para outro lugar? Parecia um maldito jogo!

"Pois bem, não desistirei tão facilmente desta vez", pensou André, decidido.

A RUA TORNAVA-SE CADA VEZ MAIS ESCURA, COM A copa das árvores impedindo que a claridade vinda dos postes de luz iluminasse o caminho. Andavam pela calçada, contornando o extenso gramado do parque, tendo ao fundo a visão do lago com suas águas sombrias, impenetráveis.

André não perdia seu alvo de vista, mas guardava uma distância segura. Na verdade já não se importava em disfarçar tanto. Tinha a sensação de que o amigo de Hiram sabia de suas intenções, e que tudo aquilo não passava de teatro. No entanto... preferiu ser cauteloso.

Ao atingir o ponto mais alto da rua, o rapaz parou de andar. André também foi diminuindo o ritmo de seus passos até parar completamente.

Vendo que ele continuava imóvel, como se o estivesse aguardando, decidiu ir até lá e abrir o jogo.

— Ei! — falou André, ao se aproximar, esforçando-se para controlar o medo.

Um vento frio soprou mais forte, balançando os galhos das árvores, quando o rapaz se voltou para encará-lo. Os cabelos, bem escuros e lisos, esvoaçavam sobre o rosto terrivelmente pálido. A expressão de seus olhos era assustadora.

— Você está me seguindo.

André engoliu em seco. Não soube interpretar se aquela afirmação continha uma ameaça velada.

— Bem... eu sou...

— Eu sei muito bem quem você é — ele o interrompeu secamente, dando um passo em sua direção. — Não gosto que fiquem me vigiando.

— Preciso conversar com Hiram — explicou André, apressadamente. — Ainda hoje, sem falta.

Ele pareceu surpreso por um instante.

— E o que eu tenho com isso?

— Pensei que pudesse dar o recado pra mim. Eu sei que você e ele se conhecem. Vi vocês dois aquele dia, no parque.

O amigo de Hiram estudou-o por um momento. Não sabia ler a mente dos humanos, mas podia perceber que emoções sentiam. Aquele garoto estava realmente preocupado. E com muito medo também.

— Não se meta a besta comigo — disse, desconfiado. — O que quer com Hiram?

André percebeu que aquele era o momento de arriscar-se. Podia ser loucura, mas iria usar o único argumento que lhe parecia convincente.

— Preciso falar com ele, contar umas coisas que tenho feito — explicou, todo confuso. — Olhe, diga a Hiram que... eu sei de tudo sobre... vocês.

— Tudo sobre... *nós*?!? — repetiu, olhando espantado para André.

— Sim. E preciso falar com ele antes que...

Mas nesse momento ouviram um ruído no bosque. Ele parou de prestar atenção ao que André dizia e fez sinal para que ficasse quieto. Depois olhou para a escuridão do parque, perscrutando as sombras das árvores.

André podia sentir que algo os ameaçava. Pela expressão tensa no rosto do rapaz, soube que devia cair fora dali o mais rápido possível.

— *Não se mexa*! — ouviu-o dizer baixinho, como se adivinhasse seus pensamentos.

E então, como num maldito efeito especial, viu surgir do nada, diante de seus olhos, os três rapazes mal-encarados que ele encontrara na padaria.

André sentiu o sangue gelar nas veias. A conclusão brotou em sua mente com a rapidez de um raio.

Estava cercado por vampiros.

— ORA, ORA! O QUE TEMOS AQUI? — DISSE LUKE, aproximando-se de Nill. Tinha uma aparência terrível naquela noite. Seus olhos estavam sombreados e se destacavam de modo sobrenatural no rosto pálido, abatido.

Os outros vampiros se aproximaram de André, com ar zombeteiro. Eram os mesmos caras, ele tinha certeza. Os mesmos que o haviam ameaçado. Ele fitou Nill com olhos cheios de pânico, olhos que diziam: *Faça alguma coisa, senão eu estou ferrado!*

— Luke! O que faz por aqui? — disse Nill, tentando disfarçar o nervosismo. — Pensei que estivesse do outro lado da cidade.

Mas ele não lhe deu atenção. Voltou-se para André, encarando-o com um sorriso maligno.

— Eu conheço você...

André recuou, assustado. Podia sentir a camiseta grudar em seu corpo suado. Estava transpirando de medo.

— Tenho uma memória admirável, sabiam? — Luke continuou, apontando a própria testa. — Você é o garoto da padaria. Curioso como um gatinho do inferno! É seu amiguinho? — perguntou, irônico.

Nill balançou a cabeça, tentando pensar em algo que evitasse o inevitável. Precisava ganhar tempo, distrair Luke e os outros, caso contrário... Não que se importasse pessoalmente, mas aquele carinha era o irmão da garota de Hiram. Sua morte iria provocar uma guerra entre eles.

— É apenas um garoto imbecil — disse, trocando um olhar significativo com André. — Veio passear no lugar errado, na hora errada. Só isso. Vamos embora daqui...

— Ei! Ei! — gritou Luke, irritado. — Desde quando você dá ordens? Ainda não me esqueci daquela noite, seu traidorzinho de merda! — grunhiu, cerrando os dentes.

Nesse ponto André começou a se arrepender por ter sido um irmão tão dedicado. Por causa de Ana Paula estava metido naquela situação dos diabos.

— Olhe, Luke — explicou Nill, tentando controlar-se. — Eu não tenho nada a ver com seus problemas. Entenda-se com Hiram. Sua briga é com ele, não comigo.

— Aquele miserável! — rosnou Luke, com raiva. — Posso acabar com esse garoto agora mesmo, se quiser. Bem aqui, em frente ao parque. E quem vai me impedir? *Você?*

— Faça o que quiser — disse Nill, friamente.

André não acreditou no que ouviu. Aquele filho da p... estava dando o fora e o abandonando ali, pra ser saboreado por três vampiros grandalhões? Aquilo não podia estar acontecendo.

— Está com medo, seu merdinha? — zombou Luke, aproximando-se dele. — Não vá mijar nas calças.

André sentiu um misto de pânico e revolta tomar conta de si. Começou com uma pressão latejante em sua cabeça, que desceu em direção ao peito, espalhando adrenalina por todo o corpo. Seu coração disparou. Os músculos se tornaram rijos. De repente, estava disposto a tudo.

Fugir. Atacar. As palavras ressoavam em sua mente causando-lhe um atordoamento, uma espécie de efeito anestesiante. Não queria morrer daquela maneira estúpida, vítima do mito mais importante de sua vida. Precisava fazer algo. Algo certo. Imediatamente.

Então aquilo saiu de sua boca de modo inesperado.

— Se você me encostar um dedo dessa mão imunda, vai se ferrar com Hiram!

Os quatro vampiros ficaram olhando para ele incredulamente por um momento. Então Luke começou a rir como um doido, seguido pelos outros rapazes. Nem o próprio Nill podia acreditar na insana valentia do garoto. Mas aproveitou o descuido de Luke para lançar um Chamado. Eles precisariam de ajuda. Agora, mais do que nunca.

A VISÃO VEIO REPENTINAMENTE. HIRAM ESTAVA deitado na rede que havia na sala, olhando a lua através da janela. Distraído, pensava no encontro com Ana Paula quando captou a mensagem. Um Chamado. Um alerta de perigo iminente.

Apenas Nill sabia usar o poder. Ele não o ensinara a mais ninguém. Na verdade, não confiava nos demais vampiros do grupo. Eles eram muito instáveis, inseguros. Podiam aprender também, mas certamente agiriam de modo errado, desperdiçando aquela habilidade tão importante.

Concentrou-se, tentando localizar de onde partira o pedido de ajuda. Então atravessou a sala, abriu a porta que dava para os fundos da casa e desapareceu na escuridão da noite.

LUKE AGARROU NILL PELO PESCOÇO, ENQUANTO OS outros vampiros cercavam André. Estavam em uma parte escura e recuada da calçada. Ninguém os veria ali.

— Então, me diga quem ele pensa que é pra me falar desse jeito — grunhiu Luke, apertando mais e mais a garganta de Nill.

Com o nariz já sangrando, Nill lutava contra a vontade de transformar-se. Só então teria forças para brigar com Luke. E, mesmo assim, não tinha poderes suficientes para enfrentar aquela besta do inferno. Mas quando o terceiro soco atingiu seu rosto, ele não pôde se controlar. Seus caninos começaram a crescer.

Nill apoiou o corpo no muro e levantou as pernas num só movimento, atingindo Luke no estômago com um pontapé. Ele cambaleou e caiu, surpreso pela violência do impacto.

André tentou escapar para junto de Nill, mas mãos firmes o agarraram. Uma em cada braço. Ele estremeceu. Aquelas mãos estavam com uma aparência esquisita. A pele era granulosa, áspera e... peluda.

De repente os vampiros o soltaram. Olhavam aterrorizados para o escuro do parque. Alguém estava ali, nas sombras. Alguém que eles temiam.

— *O que há com vocês?* — gritou Luke, vendo-os recuar. — *Não deixem o garoto fugir! Seus imbecis!*

Mas Nill e André sabiam o motivo da súbita mudança de comportamento daqueles dois. Hiram surgira da escuridão do parque e caminhava decidido em direção a Luke. Parecia um Deus das trevas, imponente, cruel, determinado a castigar sem piedade aqueles que o desafiassem. Agarrou Luke por trás, pelos cabelos, e o arrastou até o muro gradeado com a facilidade de quem leva um saco plástico para o lixo. Depois socou sua cabeça contra as grades, chutou-o entre as pernas e golpeou-o no estômago até fazê-lo ajoelhar.

Luke levantou-se com fúria redobrada e investiu contra ele, mas não teve tempo de atingi-lo. Hiram fez um gesto e Luke gritou, levando as mãos à cabeça. Um filete de sangue desceu por seu nariz e ouvidos. Ele gemia de dor, contorcendo-se como um verme nojento. Cambaleou e caiu enquanto sentia a cabeça zunir e inchar com a pressão crescente. Ia explodir, tinha certeza. Aquele maldito ia espalhar seu cérebro imortal pela calçada. Tentou dizer alguma coisa...

André olhou para ele com ar de vitória. Uma feroz alegria brotou em seu peito. Aquela sensação de vingança era mesmo contagiante.

— Sumam daqui! — ordenou Hiram, zangado. — Antes que eu acabe com vocês!

Bóris e Daimon reagiram como se tivessem levado um choque.

— Nós não sabíamos que ele era um "protegido".

— É verdade! Pode ler nossa mente, se quiser.

— Levem Luke! — gritou Hiram, com desprezo.

Os vampiros carregaram o corpo inerte para a escuridão e desapareceram.

Em seguida Hiram aproximou-se de Nill para olhar os ferimentos em seu rosto.

— E aí, cara?

— Não vou morrer por isto — ele respondeu, achando graça na própria piada. — Ainda bem que você veio. Não ia conseguir sozinho.

— O que aconteceu?

Nill fez um gesto com a cabeça, na direção de André.

— Ele me seguiu. Disse que queria falar com você. Então Luke e os outros apareceram... O resto você já sabe.

Hiram olhou para André por um momento. Seus olhos eram como facas reluzentes fatiando carne tenra, invadindo a mente sem pudor, revelando ideias e sentimentos. Rastreavam as verdadeiras intenções do garoto. Por um instante André teve a impressão de estar sob o efeito de um transe diabólico, um torpor que o impedia de agir ou falar. Sentiu-se como um rato indefeso diante da serpente, hipnotizado, naquele instante interminável que antecede a morte. Estremeceu, ao ver Hiram aproximar-se. Ele poderia apagar tudo de sua memória, se quisesse. Os vampiros tinham esse poder: apertar algum botão maluco e destruir os registros alheios que considerassem perigosos. Certamente faria isso para proteger-se, é claro. A menos que...

— Por favor, não... — murmurou André, balançando a cabeça.

Hiram o agarrou bruscamente.

— O que pensa que está fazendo? — perguntou, irritado.

— Nada! — explicou André, surpreso pela reação dele. — Eu só queria...

— Nill quase se ferrou por sua causa! — interrompeu Hiram, empurrando-o.

— Mas...

— Você não sabe o que fez, não é mesmo? — continuou Hiram, gritando com ele. — Não tem ideia de como as coisas podem mudar agora. Não tem a mínima noção...

Então virou-se, dando-lhe as costas.

— Vamos embora daqui — disse, caminhando na direção de Nill.

— Ei! — gritou André, indignado com o modo de ele agir. — Vim até aqui só pra falar com você sobre minha...

Mas, de repente, a voz de Hiram brotou dentro de sua cabeça. Um sussurro macabro, terrivelmente compreensível.

Não farei mal a ela.

André recuou, atordoado. Aquela sensação havia voltado. Um instante fugaz onde o corpo parecia pairar livre, na vertigem da inevitável queda.

— Mas... e quanto a mim? — ele gritou com raiva, cambaleando na direção dos vampiros. — Por que está me tratando assim?

André apoiou-se no muro para não cair. Estava chocado, decepcionado. Dera tudo errado. Por que motivo Hiram se comportava daquele modo, recusando sua amizade? Não seria digno o bastante?

Olhou para eles a tempo de vê-los desaparecer em silêncio, na névoa sombria que cercava as árvores do parque.

Os dias passam
e eu não posso
impedir esse sentimento.
Vê-la partir,
na noite escura e fria,
não, garota,
eu não vou resistir.

Isto é amor?
O que eu estou sentindo
Isto é amor?
tudo o que eu tenho sonhado.
É amor ou um sonho
o que eu tenho procurado?

Posso sentir meu amor por você
ficar mais forte a cada momento.
Mal posso esperar
para vê-la outra vez
em meus braços.

Isto é amor?
o que eu estou sentindo
Isto é amor?
tudo o que eu tenho sonhado...
É amor ou um sonho
o que eu tenho procurado?

Isto é amor?
Deve ser amor
porque, realmente,
tomou conta de mim.

NA NOITE DE SÁBADO, A CAMPAINHA TOCOU EXAtamente às oito horas. André fez questão de abrir a porta. Havia passado uma noite agitada, repleta de sonhos confusos e sensações angustiantes. A rejeição de Hiram o afetara profundamente. No entanto, naquele momento, via o ressentimento desaparecer como por encanto e dar lugar a uma surpreendente frieza.

Hiram cumprimentou-o com um leve aceno de cabeça, não correspondido. Ficaram se encarando, sem dizer palavra, até a mãe de André aparecer e convidá-lo a entrar.

— Muito prazer — ela disse, compreendendo de imediato o motivo da euforia de sua filha. — Ana Paula já está quase pronta.

— Obrigado — ele murmurou, sentando-se no sofá.

André fechou a porta e se arrastou para a poltrona, num silêncio sepulcral.

— Você mora por aqui? — quis saber a mãe de Ana.

— Moro.

— Com seus pais?

— Não. Meus pais já faleceram.

— Oh, sinto muito — ela disse, observando como ele era bonito. — Aceita beber alguma coisa? Um refrigerante?

— Não, obrigado.

— Este é André... — ela continuou, toda simpática. — Vocês já se conhecem, me parece.

Eles trocaram um olhar indiferente. Bem que ela notou o clima esquisito entre os dois, mas julgou que talvez fosse ciumeira de André. Afinal, ele era muito apegado à irmã.

— Bem, com licença. Vou apressar a Aninha — ela disse, levantando-se. — Fique à vontade, Hiram.

Ele agradeceu, sorrindo de um jeito que fez a mãe sentir saudades do seu tempo de garota.

Ficaram sós na sala. Cada um na sua, sem dizer nada. Depois de algum tempo um clima opressivo começou a se instalar. André se incomodou com aquilo e, subitamente, pegou o controle remoto da tevê.

Nem bem havia sintonizado o programa de esporte, a tevê começou a falhar e ter interferência de outro canal. Agora estava passando um filme de vampiros! Um rapaz havia entrado num castelo sombrio e encontrara uma sala enorme, com lareira. Lá fora, ouviam-se uivos terríveis e sombras esvoaçantes rondavam as janelas.

André tentou mudar de canal, mas o controle não obedecia ao seu comando. Olhou para Hiram, e este parecia distraído. Mas André tinha certeza de que ele tinha algo a ver com aquilo. Ia reagir à intromissão quando sua irmã entrou na sala.

Imediatamente a tevê apagou.

— Oi, Hiram! — ela disse, sorrindo. — Desculpe a demora.

Ele levantou-se, como que encantado. Ela ficara deslumbrante naquele vestido vermelho, decotado. Até André ficou surpreso. Ana Paula estava radiante.

— Não voltem muito tarde — lembrou a mãe, acompanhando-os até o *hall* do elevador.

André sentiu um aperto no coração, vendo-os sair. O que mais poderia fazer para protegê-la? As coisas haviam tomado um rumo muito diferente do que ele planejara. Havia insistido em acompanhar sua irmã à danceteria e isso provocara uma briga daquelas! Ana Paula ficara furiosa com a ideia. Agora tinha de jogar com a sorte.

Mas antes de fechar a porta, num apelo desesperado, olhou para Hiram em busca de contato. No mesmo instante, um pensamento surgiu em sua mente.

Confie em mim.

ANA PAULA E HIRAM SE APAIXONARAM NAQUELA NOI-te de lua cheia. Já sabiam que algo os tocara profundamente desde a primeira vez em que seus olhares se cruzaram. Era como se tivessem uma tatuagem na alma ardendo como fogo, em ebulição constante. Ficaram marcados, então. Entrelaçados por esse fio invisível que une os enamorados exilando-os em um mundo exclusivo, distante dos seres comuns.

Ele a fascinou por completo. Arrebatou seus sentidos como um mágico experiente hipnotiza a plateia, ansiosa por surpresas e novas sensações. Ela o fez esquecer sua condição de maldito, despertando-lhe o instinto protetor e os mais ardentes desejos. Era perigosamente sedutora, como ele previra.

Seus corpos dançavam ao som da música num ritmo próprio, no embalo da paixão. Era simplesmente impossível resistirem ao chamado.

Tudo nele a atraía. Desde o corpo musculoso ao jeito de andar, o cheiro que exalava sua pele, o tom de voz de suas palavras sussurradas ao ouvido, o modo envolvente como a olhava enquanto ela dizia bobagens para disfarçar o nervosismo. Hiram parecia conhecer todos os seus pensamentos, saber a intensidade de emoção que cada gesto ou palavra lhe causavam.

Ana passava a mão nos cabelos, constrangida, enquanto ele mordia os lábios, seus corpos transpirando desejo, paixão.

O beijo aconteceu num canto escuro da pista de dança e foi o início de uma aventura química que os arrastou num labirinto profundo, sem caminho de volta.

Ana Paula jamais conhecera algo tão intenso.

Hiram fora surpreendido com o mais doce pesadelo.

Um cheiro acre dominava a escuridão.

A cripta de Nicolas ficava num compartimento secreto, após intermináveis túneis que se espalhavam por sob a terra do velho cemitério, no lado sul da cidade. Nicolas era o mais sábio, o mais velho dos sábios. Era o tutor de Hiram. Transmitira a ele seus conhecimentos, parte de sua experiência com humanos, certos poderes malditos, alguns conselhos necessários. Era conselheiro dos Escolhidos. Apenas dos Escolhidos. Aqueles que ousavam penetrar em seus domínios sem permissão eram massacrados por poderes infernais.

Mas Hiram tinha acesso ao inferno.

Nicolas jamais saía de seu túmulo. Havia decidido ocultar-se para sempre. Fizera o Voto Negro, uma greve de fome eterna que o transformara num vampiro poderoso e resistente. Sofrera dores terríveis, mas seu corpo morto-vivo suportara todas as aflições da Fome. Renascera da dor com profundos conhecimentos e assim sobrevivia, poderoso, entre as brumas da vida e da morte.

Hiram parou diante da estátua de pedra que indicava o aposento de Nicolas e concentrou-se no Chamado. Após alguns minutos uma névoa começou a se formar no interior do sepulcro e derramou-se pela abertura na parede, invadindo o lugar com seu brilho luminescente. Adquiriu o contorno de um homem. Um homem com luz própria, sem substância. Uma consciência viva.

— Você, novamente — disse a voz, após um momento.

— Tenho dúvidas, *ainda.*

— Compreenda, Hiram. Você não pode impedi-lo de avançar.

— Gostaria de ter certeza, primeiro.

— Do que tem receio? — perguntou a voz. — Descubra se vale a pena. Esta é *sua* responsabilidade.

Hiram calou-se. Nicolas não ia dizer mais do que o necessário.

— Deixe que se cumpra o destino, Hiram. Aceite as consequências. Aproveite dos humanos o que eles têm de melhor. *E jamais esqueça o que você é* — concluiu, evaporando-se para dentro da abertura na terra, deixando o lugar absolutamente escuro.

Hiram sabia exatamente o que ele queria dizer.

QUANDO ANDRÉ ATENDEU AO TELEFONE NÃO ESPErava por aquilo.

— Encontre-me esta noite na esquina do parque.

Sentiu o coração bater mais forte. Era a voz de Hiram, do outro lado da linha. Muitos dias já haviam passado desde o encontro no parque com Nill e os outros. Dias de dúvida e desânimo, noites insones de preocupação e desconfiança.

— Por quê? — perguntou, ainda ressentido.

Um clima constrangedor instalou-se entre eles. Após um momento de silêncio, Hiram disse:

— Precisamos conversar.

E a voz desapareceu, deixando André sem saber o que pensar.

FOI SEM MEDO QUE ELE ATRAVESSOU A RUA E CAminhou para o encontro. Deixara seus receios trancados na gaveta, junto ao Livro Maldito dos Vampiros, que já lera dezenas de vezes. E via-se agora apenas acompanhado de suas incertezas. Tinha o pressentimento de que aquele seria um momento especial, *o verdadeiro encontro.*

Hiram não estava lá. Pelo menos era isso que parecia. André encostou-se no muro do parque e esperou. Que tipo de conversa teriam? Precisavam esclarecer muitas coisas. Sabia que ele e sua irmã estavam namorando. Até onde iriam com aquilo? O que ele pretendia, afinal? Eram perguntas que gostaria de fazer.

— Eu também tenho perguntas a fazer — disse uma voz atrás dele.

Hiram surgira de repente, como uma maldita aparição. André assustou-se, mas disfarçou, tentando mostrar que tinha as emoções sob controle.

— Está sozinho? — perguntou, desconfiado, olhando a rua aparentemente deserta.

— Agora não estou mais.

André suspirou, relutante. Estava na defensiva, tentando compreender o significado daquele convite. A lembrança de seu último encontro com Hiram surgia como um fantasma, impedindo-o de entregar-se totalmente.

— Temos muito o que conversar — foi o que conseguiu dizer.

— Não tenho pressa alguma — disse Hiram, gentilmente. — Venha, vamos andar um pouco.

Caminharam em silêncio por quase todo o quarteirão. André experimentava sentimentos contraditórios. Estava bastante curioso com o novo rumo dos acontecimentos. E, embora estivesse magoado, sentia-se secretamente satisfeito. Afinal, não fora ele que havia dado o primeiro passo na reconciliação. Isso queria dizer que Hiram reconhecera seu próprio erro. Ótimo! Pelo menos podia salvar seu orgulho dessa. Mas também sabia que estavam iniciando uma nova etapa. Agora *estava acontecendo realmente.*

— Você me chamou, desde o princípio — disse Hiram, mais sério, indo direto ao ponto. — Invocou nomes malditos no Ritual de Chamamento e provocou um encontro. Consegue me dizer por quê?

— Eu não sei... ao certo — hesitou André. — Quer dizer... Essas coisas sempre me fascinaram. Então e-eu... encontrei aquele livro. Ele tinha tudo que eu desejava, tudo que precisava para fazer o que fiz.

— Então qualquer um podia ter feito o mesmo.

André já havia pensado nisso. E não encontrara resposta que o convencesse do contrário.

— Parece que sim.

— Pensou errado. Aquele é um livro especial. Nunca esteve à disposição de qualquer pessoa, em todos esses séculos. Estava endereçado a você. A *alguém como você*.

André não soube o que dizer.

— A história desse livro é tão antiga quanto a de meus antepassados — continuou Hiram, parando para encará-lo. — *Você* foi escolhido para encontrar o livro certo. Isso quer dizer muitas coisas. *Coisas sérias*. Estou indo rápido demais?

— Acho que não — disse André, começando a perceber um sentido no que ele dizia, uma lógica maluca que lentamente emergia dos fatos.

— O caso é: você *o encontrou e fez o que desejava fazer*. Foi além dos limites normais... tão profundamente que descobriu coisas, confirmou suspeitas, ligou fatos. Um comportamento sistemático, determinado, numa situação insólita como essa... Compreende a loucura que há nisso?

André engoliu a saliva que se acumulava em sua boca. *Quer dizer que tudo fora predestinado?*

— Alguma vez sentiu medo do que fazia? — continuou Hiram, após uma breve pausa. — Ficou preocupado em saber se suas atitudes eram estranhas ou normais para um garoto de sua idade? Pensou que talvez pudesse estar arriscando a vida para atender suas vontades?

André olhou-o com desconfiança. *Aonde ele queria chegar?*

— Mas mesmo assim você foi em frente — concluiu Hiram. — Garotos normais não agem assim.

— Não sou louco — disse André, secamente.

— Eu sei que não. E afirmo que não há nada de errado com você ou com seu comportamento, fique tranquilo. É apenas a força da Tradição agindo em você.

— Não estou entendendo.

— Você é um *Guardião*.

A revelação atingiu André como um raio. *Os guardiões! A secreta Ordem dos Guardiões! O clã dos Escolhidos.*

— Venha — disse Hiram, sorrindo para ele. — Sente--se aqui. Como disse, precisamos conversar.

HAVIA UM NOVO CAPÍTULO NO LIVRO MALDITO dos Vampiros. As páginas surgiam do nada, brotavam misteriosamente de algum lugar infernal, para serem lidas naquele preciso momento, exatamente como dissera Hiram. Fazia parte do jogo. O conhecimento se revelava de acordo com a maturidade do iniciado. André estremeceu. Parecia mesmo que a loucura se instalara em sua mente. Ninguém permanecia lúcido após viver aquilo.

Já ouvira falar na Ordem dos Guardiões, a *Ordem Secreta dos Escolhidos*, mas a literatura a respeito era muito escassa. Aquele novo capítulo do livro esclarecia algumas dúvidas.

"O Guardião é eleito pelos poderes do oculto devido às suas capacidades potenciais. O candidato terá a *Oportunidade* em seu caminho. Se for bem-sucedido terá de enfrentar as *Trevas*, passar por determinadas provas como teste de suas habilidades naturais. Tais provas têm o objetivo de edificar seu caráter e ajustá-lo ao trabalho para o qual foi chamado. Deverá desenvolver seu conhecimento e autodomínio. Se demonstrar força interior, interesse, coragem e um genuíno esforço para merecer a Iniciação, ela será deflagrada."

André lembrou-se das palavras de Hiram, ao despedir-se:

"Você vai lutar para reter o que existe de humano em você. Mas é inútil quando se é Escolhido. Isso tem um preço: a moeda é o Conhecimento".

André sorriu, secretamente. Suas preferências, tão malcompreendidas desde que era garotinho, tinham agora razão de ser. O que parecia anormal a outras pessoas na realidade já indicava seu interesse verdadeiro, sua tendência de pesquisador do oculto. Essa compulsão fizera seu trabalho lenta e pacientemente, guiando-o através dos anos, até o ponto em que agora se encontrava.

E não havia sido em vão. Claro que não! Ele era *especial*! Sempre soubera disso ao olhar seus colegas de escola. A distância que se interpunha entre eles era gigantesca, descomunal. Um abismo de desencontros os separava. Fora uma criança estranha e solitária; crescera voltado para outros interesses, além da escola e do futebol.

Apenas seu pai o compreendia. Olhava-o com ternura e aprovação como se entendesse o quão difícil era relacionar-se com as pessoas. De modo que compreendera facilmente os pontos de sua conversa com Hiram naquela noite em que descobrira sua verdadeira vocação.

Havia sido atraído para a escuridão através de um caminho místico, sobrenatural. Era a *Tradição* agindo sobre ele. Não desejara tanto conhecer um vampiro? Pois aí estava a revelação. De modo que agora só restava ir em frente. Talvez descobrir até que ponto chegaria em tudo aquilo. Talvez provar a si mesmo que seria capaz de enfrentar os horrores da Iniciação. Pois ela viria, em breve.

ЄNCONTRARAM-SE NO BOLICHE. LUKE, COMO SEMPRE, estava com péssimo humor. Já infernizara a vida de Bóris e de Daimon com seus comentários grosseiros e ameaçadores durante toda a noite. Estavam aguardando a chegada de alguém importante, pelo menos era isso que parecia. Luke ficara muito agitado desde que atendera a um telefonema, horas atrás.

A bola correu pela pista com velocidade redobrada. Chocou-se contra os pinos fazendo um barulho dos diabos.

— Ganhei mais essa! — ele gritou, rudemente. — Alguém quer perder mais dinheiro? — perguntou desafiadoramente para o grupo que o observava. — *Estúpidos!* — resmungou, enquanto se afastava para pegar outra cerveja.

A pessoa que esperavam surgiu com os guarda-costas assim que ele voltou do bar. Era um oriental de pequena estatura, ar esnobe e afetado. Sentou-se em uma das mesas ao fundo, onde não havia muita luz. Acenou para a garçonete e pediu uma bebida. Só depois deu permissão para que Luke se aproximasse.

— E então? Conseguiu falar com ele? — perguntou, interessado.

— Antes de responder quero saber se *você* conseguiu a grana.

Luke odiava o modo autoritário com que ele falava. Precisava controlar-se para não perder a calma e estraçalhar seu pescoço ali mesmo. Imaginou arrancar-lhe a cabeça e jogá-la pela pista de boliche a fim de fazer mais alguns pontos.

Riu, para disfarçar a fúria.

— O que pensa que está fazendo? — disse o oriental, com ar de desprezo. — Meu mestre não deseja perder tempo com tipos sem concentração.

Luke respirou fundo e sorriu, aproximando-se dele.

— Olhe, alguém já lhe disse por que meu nome é Luke?

— Não — disse o homem, distraído, espetando uma azeitona.

— Bem, então vou explicar — e, num movimento brusco, agarrou o paletó do oriental, puxando-o para bem perto de si. Os dois guarda-costas quiseram reagir, mas Bóris e Daimon surgiram do nada, impedindo--os de prosseguir. — Na verdade — continuou Luke, apertando o colarinho do homem o mais que podia —, meu apelido é *Bad Luke* e, você sabe, *bad* significa mau. Quer descobrir por quê? — perguntou, com um sorriso malévolo.

— N-não v-vejo razão p-para i-isso — sussurrou o oriental, quase sufocado.

— Então vamos recomeçar, seu merda — ele concluiu, soltando-o. Conseguiu falar com ele?

— S-sim. — o homem respondeu, tossindo.

— Ótimo! — exclamou Luke, batendo palmas. — E quando ele vai me receber?

— Na próxima semana.

Luke levantou-se, satisfeito. Tirou o envelope do bolso da calça *jeans* e o jogou na cara do sujeito.

— Nunca mais fale comigo desse modo. É perigoso pra sua saúde.

E saiu, seguido pelos outros vampiros.

As
regras
do desejo
são fáceis
de entender.
Faça o que
sentir,
sinta
até o fim.

As
regras
do desejo
são aprendidas
em sua mente.
Faça o que
quiser.
Faça.
Até encontrar
amor.

SEUS BEIJOS ERAM COMO UM LICOR. EMBRIAGAVAM os sentidos lentamente. Arrastavam-na para uma dimensão irreal, deixando-a completamente desprotegida diante da torrente de sensações furiosas que não sabia domar. Era impossível resistir ao apelo de suas carícias. Restava deixar-se levar, sem oposição. Ele a conhecia tão profundamente a ponto de fazer tudo que ela imaginava poder consentir. Mas, naquela noite, foram muito além.

Chovia.

Estavam deitados lado a lado, no colchão daquela velha casa. Seus corpos transpiravam, fragilizados, diante do momento que teriam de enfrentar.

— Está tão escuro aqui — ouviu-a sussurrar.

Acendeu uma vela e a aproximou do rosto dela, enquanto a beijava.

— Minha doce Ana — disse, ternamente. — Esta é a luz que posso suportar.

— Você é tudo para mim. Sabe disso, não é? — ela disse, abraçando-o.

— Posso ler em seus olhos.

— Então me beije, porque também posso ler os seus.

Estavam perdidos de paixão. Agarrava-se nele e o puxava para junto de si, como se quisesse ultrapassar os limites do corpo, juntar-se à sua alma.

— Hiram... Quero ser sua.

— Você já é minha.

— Não do jeito que desejamos — ela disse, levando-o até seus seios.

Então ele os encontrou e a fez estremecer. Depois afastou-se e começou a desabotoar sua blusa.

Sem pressa.

Livrou-a das roupas e a admirou, demoradamente. Seu corpo, alvo e macio, exalava um cheiro que o atordoava de prazer. Mal conseguia controlar-se. Tantas sensações a despertar sua fome animal, desesperada. Seria maravilhoso

possuí-la completamente, transformá-la, tragar sua pureza. Inocular a escuridão dentro dela até que ficassem completamente... envenenados.

— Ana...

— Hiram — ela insistiu —, nós merecemos isso.

— Você não sabe o que diz... — murmurou.

— O que foi?

— Nada — ele disse, tocando de leve seu rosto afogueado. Ela ficava mais linda assim, pulsante, febril. A esperar seu toque.

Ela tomou a iniciativa. Precisava mostrar a ele que seu desejo era forte o bastante. Puxou-lhe a blusa, e o ajudou a despir-se.

Aquilo era loucura. Hiram sabia que as chances seriam mínimas. Tinha receio de descontrolar-se e, em meio ao êxtase que o arrebataria, cravar os dentes em sua pele macia e marcá-la para sempre. Pura loucura! Seu amor por ela brigava com sua verdadeira natureza.

— Venha... — ela ordenou.

E tinha poder sobre ele.

Quando seus corpos se juntaram, não houve tempo de pensar. Só o amor os uniria daquela forma.

— ABRA OS OLHOS — ELE DISSE.

Ela obedeceu e despertou.

— Como está se sentindo?

— Bem... maravilhosamente bem.

Hiram sorriu.

Lá fora, a chuva cessara. Só havia a lua, o encanto da lua.

ESTAVAM DENTRO DO PARQUE. ERA UMA NOITE ESCURA do mês de outubro.

— Está preparado? — Hiram perguntou, encarando-o.

— Sim.

— Sua segurança não me surpreende. É digna de um verdadeiro iniciado.

Nill sorriu para André antes de vendar-lhe os olhos.

— Relaxe. Você vai dar uma voltinha.

Caminharam em silêncio pelo bosque, seus passos ecoando sobre as folhas secas. André fora avisado com antecedência: sua primeira prova seria um teste de coragem. Como se não houvesse já provado a si mesmo o quanto era audacioso por ter ido até aquele ponto naquela história toda. Mas... regras eram regras. Como um mortal ousava discutir as leis que regiam o clã dos vampiros? Resignou-se e continuou a caminhar, vez ou outra tropeçando em alguma pedra.

Percorreram alguns metros em linha reta, ele não soube precisar a distância. Sabia que estavam se dirigindo para algum ponto, no centro do bosque. Seu estado de espírito alternava-se a cada momento. Sentia-se apreensivo e, ao mesmo tempo, atraído por aquela situação tão incomum. Mas agora sabia que tudo tinha uma razão de ser. Ele era um Escolhido!

Subitamente, pararam.

— Abaixe-se um pouco — disse Hiram, a seu lado.

Haviam chegado a uma espécie de entrada. Ele ouvira um ruído abafado de algo se abrindo (uma passagem?) e sentira a mudança de temperatura atingir sua pele, enquanto desciam a trilha que os levava cada vez mais para baixo, para as entranhas da terra.

Um cheiro forte, de folhas apodrecidas, lama e esgoto, envolveu-os por completo, deixando André atordoado.

— Você logo se acostumará com o "perfume" — comentou Nill.

— Agora ouça — disse Hiram, parando de andar. — As regras são simples. Em algum lugar por aqui há uma passagem que dá para uma cripta. No interior dessa cripta há um livro. Sobre ele, um anel de pedra avermelhada. *Meu anel.* Você deve pegá-lo e devolvê-lo a mim. Para descobrir a saída, leia a mensagem que está dentro do livro. Entendeu?

André procurava manter a calma, mas seu coração o traía.

— É simples. Se conseguir chegar até a cripta, pegar o anel e atravessar o labirinto, será aceito no clube — brincou Nill.

— Muito simples... — disse André, irônico. — E se eu me perder?

— Ainda não entendeu? *Essa* é a ideia. Mantenha a mente esperta. *E não se perca.*

— É fácil! — disse Nill, batendo de leve em suas costas.

— Mas... — ele relutou.

— Estarei em contato — disse Hiram, antes de desaparecer.

Estava só. ESPEROU PELO TEMPO COMBINADO E então retirou a venda dos olhos. O lugar era absolutamente escuro, negro como breu. Pegou a lanterna e, nervosamente, a acendeu.

Ali era uma espécie de túnel, estreito e desconfortável, mal dava para ficar em pé. As paredes de concreto, úmidas e emboloradas, estavam em péssimo estado. Os buracos deixavam ver a terra apodrecida, de aspecto repugnante.

"Estaria sob o cemitério?", estremeceu, ao imaginar.

"Não", concluiu. "Estou no parque. *Embaixo do parque. Em algum lugar embaixo do parque... como sempre suspeitei.*"

Iluminou mais ao longe. Observou que logo à frente havia outras passagens escuras, três ou quatro, talvez. Elas iam em direções opostas, sabe-se lá a que lugares horríveis levariam. Lembrou-se da história do Minotauro, uma lenda que agora se reconstituía diante dele, para seu próprio assombro. *Que besta do inferno estaria a sua procura pelo labirinto escuro?*

Decidiu caminhar pelo túnel fétido e virar à direita. Pisava sobre folhas apodrecidas, papéis sujos e poças de água lamacenta, sem se importar com o nojo que lhe causavam. Finalmente, penetrou na passagem escolhida. Ela deu lugar a outro túnel, mais alto que o anterior, que levava a uma câmara. Estava vazia. Alguns ratos assustaram-se com a luz da lanterna e desapareceram pelas fendas nas paredes.

André voltou pelo caminho e tomou rumo diferente, desta vez virando à esquerda. Depois de algum tempo chegou a uma escada de pedra que levava a uma passagem superior. Continuou a andar. De repente, tropeçou em algo. Alguma coisa estalara sob seus pés, fazendo um eco de arrepiar. Iluminou o chão.

Eram *ossos*. Ossos amarelecidos pelo tempo. Grandes o bastante para serem confundidos com ossos de gente. Estremeceu. *Há quanto tempo estariam ali?* — perguntou-se.

Um ruído chamou sua atenção. Parecia vir de algum lugar atrás dele. Uma voz, muitas vozes... sussurrando. André sentiu um arrepio pelo corpo. Seriam outros vampiros? Por um momento teve vontade de sair correndo em busca de ar puro e desistir de querer bancar o esperto. Mas resistiu e continuou a andar.

Quase correndo, afastou-se dali.

O CORREDOR FOI SE TORNANDO MAIS ESTREITO. André tinha a impressão de que alguma coisa o seguia. Já havia mudado de caminho várias vezes, mas parecia retornar sempre ao mesmo lugar. *Aonde estaria a maldita passagem?* Sentou-se para pensar. Sua cabeça doía. Há quanto tempo estava ali dentro? E, se desmaiasse por falta de ar? Morreria como o dono daqueles ossos, provavelmente um Guardião que fracassara em seu teste. Começou a duvidar das intenções dos vampiros. *E se fosse abandonado naquele lugar?*

O desespero tomou conta de sua mente. Levantou-se e começou a correr pelos túneis do subterrâneo. Não havia nada mais impressionante do que a sensação de estar perdido num lugar como aquele. De repente caiu. Havia uma espécie de poço ali, um recuo que surgira inesperadamente em seu caminho. A lanterna rolou de sua mão, mas, por sorte, não quebrou. Pegou-a e iluminou o lugar. Não era muito fundo, na verdade parecia ser o fim de uma escada... Mas, *uma escada que acabava na parede?* — estranhou.

Então sentou-se no degrau e começou a investigar. A escada era feita de blocos de pedra, não de concreto. Eles se sobrepunham de modo irregular, com saliências e vãos aparentes, o que despertou sua atenção. Hiram dissera uma *passagem*. Mas... e se fosse uma *passagem secreta?* Segurou a lanterna com a boca e, mais animado, começou a deslizar os dedos pela parede, tentando descobrir como acionar o segredo, se houvesse algum. Por sorte, pouco acima de sua cabeça uma ponta de pedra cedeu. A porta estalou, os blocos se desencaixaram e André viu-se, finalmente, na cripta secreta.

O LUGAR ERA GRANDE. HAVIA UMA MESA DE PEDRA ao centro. E sobre ela um livro. Caminhou em sua direção. O anel estava lá, como Hiram dissera. André o pegou e enfiou no bolso da calça. Queria dar o fora dali o quanto antes. Agora só restava ler a mensagem e descobrir qual era a saída. Abriu o livro.

O cheiro de bolor fez com que espirrasse. Era um livro muito antigo, as letras miúdas não se pareciam com nenhum idioma conhecido. Devia ser um livro secreto mas... *onde estaria a mensagem?*

Sentiu seu coração acelerar. Será que Hiram havia esquecido desse detalhe? Quando percebeu que estava ficando apavorado, fechou o livro bruscamente para afugentar o medo. Lembrou-se do Livro Maldito dos Vampiros. As páginas daquele novo capítulo haviam surgido misteriosamente. *Será que...* Fechou os olhos e concentrou-se, imaginando o que desejava encontrar quando folheasse o livro pela segunda vez. Então, abriu-o.

Havia um envelope bem ali. André sorriu. Era como mágica!

Dentro do envelope, um bilhete indicava claramente a saída. André voltou pelo caminho até o ponto indicado e passou por outra passagem secreta para alcançar o corredor que o levou até uma câmara iluminada por velas.

Hiram e Nill esperavam por ele.

LUKE ATRAVESSOU A RUA SEGUIDO POR DAIMON E Bóris. Estavam no bairro japonês da cidade. Já passava da meia-noite, as ruas ficavam praticamente desertas sem o movimento dos restaurantes. Mas o cheiro de peixe ainda impregnava o ar, tornando-o repugnante para os vampiros. Subitamente, Luke parou.

— Vocês ficam por aqui.

Bóris e Daimon trocaram um olhar, surpresos.

— Qual é a encrenca? — Daimon se arriscou a perguntar.

Luke fez mistério. Desconversou dizendo que queria "pegar mulher". Daimon percebeu que ele estava novamente com aquele brilho maligno nos olhos. Alguma ele pretendia aprontar.

— Não vai nos dizer? — insistiu, pra ter certeza.

— Estou cuidando de umas coisas... — disse, com ar invocado. — Coisas que só interessam a mim.

— Por que não avisou antes? — disse Daimon irritado. — Odeio esse cheiro de peixe!

— Você é quem sabe, Luke... — retrucou Bóris, recomeçando a andar, antes que ele reagisse mal ao comentário. — Vamos, Daimon. Vamos cair fora.

Luke viu seus companheiros se afastarem. Assim que os perdeu de vista começou a caminhar em sentido oposto. Tinha outras preocupações em mente. Depois arranjaria tempo para ensinar bons modos a Daimon.

144

— Sim. *Eu* é que sei — repetiu com ar feroz, ao atravessar a rua.

A CASA QUE PROCURAVA FICAVA DISTANTE UNS CINCO quarteirões. Mas isso não seria motivo de atraso. Em poucos segundos já havia chegado — eram as vantagens da *Transformação*. Luke tinha sido um humano hábil em correr. Com a *Transformação*, essa habilidade e outras haviam se acentuado. Agora deslocava-se com extrema rapidez. Era uma espécie de regra. Os defeitos e qualidades dos seres humanos adquiriam novas proporções quando eram transformados em vampiros.

Luke sorriu, ao descer a escada. Seu plano estava somente começando. Quando terminasse o treinamento naquele buraco do inferno iria acertar contas. Usaria sua natural habilidade de lutar para partir alguns pescoços. Pessoalmente cuidaria de mandar o merda oriental e seus guarda-costas pro inferno. Depois, era a vez do mestre... um tolo humano que pensava ter parte com os poderes das trevas. Queria só ver a cara dele quando descobrisse que dava aulas particulares para o próprio demônio.

Sorriu, secretamente. Usara *dissimulação e lábia* — suas qualidades humanas de mentiroso e conquistador — para enganar a todos até agora. Até aprender o que desejava. Então, finalmente, partiria para o ponto principal.

Sua vingança!

Ia zerar a quilometragem com o motivo de seu profundo ressentimento. Não havia pedido para se tornar um monstro. Aquela vadia, a prostituta por quem estivera apaixonado, o transformara, há muitos anos. Ela o fizera experimentar o horror, o abandono, o desprezo dos demais. Sofrera intensamente. Sozinho. Abandonado à própria sorte. Mas, em sua nova natureza, a dor renascera com *outra* dimensão... Ódio... Esse intenso sentimento que cultivava pelas mulheres em geral era saciado na morte de cada uma que cruzasse seu caminho. Uma compulsão doentia, própria do monstro em que se tornara.

Também não pedira para ter um chefe.

— BEBA ISTO.

Estavam no cemitério, diante de um mausoléu de mármore e pedra. André olhou para a pequena taça estendida à sua frente. Parecia um licor, era avermelhado e denso. Imaginou que sabor teria.

— Não se preocupe — disse Hiram. — É apenas um relaxante.

— *Relaxante?* — ele surpreendeu-se.

— O cérebro tem suas defesas. Podemos ultrapassá-las hoje, se você quiser. É a segunda *Treva*. Talvez a mais importante delas.

146

André aproximou a taça dos lábios. Não tinha cheiro algum, portanto nenhuma repugnância a dominar. Com um movimento rápido, bebeu todo seu conteúdo. Era doce e leve, com um sabor desconhecido, mas agradável. Quase que instantaneamente sentiu uma breve vertigem. Apoiou-se na lápide, com receio de cair.

— Fique aqui, a meu lado.

André deu alguns passos cambaleantes e atravessou a pequena distância que os separava. Então deitaram-se sobre o túmulo frio e ficaram em silêncio, olhando as estrelas, por um longo tempo. A quietude daquele lugar foi invadindo a mente de André, arrastando-o lentamente para a inconsciência.

— Você acredita que a alma seja imortal?

A voz de Hiram chegava a seus ouvidos como um sussurro, e o fazia mergulhar profundamente dentro de si mesmo. Ao encontro de sentimentos e crenças tão íntimos que nem ele suspeitava.

— Sim.

— Sabe por quê?

André sorriu. Havia uma compreensão incomum dentro dele. Era como se já tivesse um conhecimento prévio, um saber que ficara oculto até então.

— Precisamos de mais tempo... — disse André. — Todos nós precisamos de mais tempo.

Uma sensação de formigamento invadiu seu corpo que se tornava pesado, incrivelmente denso. Agora mal conseguia falar. Imagens de sua infância surgiam como visões, envoltas por uma bruma irreal.

— Sim, a imortalidade é muito sedutora, André. Ela nos dá a oportunidade de testar nossas convicções. O tempo de que não dispomos numa única vida.

— *Sim...*

— Não precisamos nos arrepender por ter feito ou deixado de fazer nossa vontade, certo? O tempo está bem ali, à nossa disposição. Se errarmos ou não, podemos ainda interferir no resultado.

André sentiu-se flutuar em direção ao céu escuro. Nesse voo imaginário uniu-se às estrelas, absorvendo a luminosidade e a energia que elas emanavam.

— Dilua-se, André. *Torne-se apenas alma.*

Ele entregou-se. Não havia barreiras ou resistências a vencer. Estava pronto para ir além.

Pouco a pouco foi se tornando mais leve, como se tivesse arrancado de si uma pesada carcaça. Só então percebeu que estava livre de seu corpo, vendo-o adormecido lá embaixo, junto ao túmulo. Uma sensação de euforia o invadiu. Tornara-se apenas consciência e pairava sobre o mundo físico, radiante e feliz na descoberta de sua verdadeira condição.

Então surgiu, mais além, uma luminosidade tão etérea quanto ele. Veio aproximando-se, lentamente. André conhecia aquela luz.

Era seu pai.

QUANDO VOLTOU A SI, SENTIU O VENTO FRIO LAMber seu rosto. Hiram estava em pé e o observava. Sabia que aquele era o mais belo momento da Iniciação de um Guardião. A sabedoria necessária, agora consciente porque experimentada. Era uma verdadeira conquista.

— Como está se sentindo?

André estava muito impressionado. Vivera uma experiência sem precedentes. Precisou se acalmar um pouco antes de responder.

— E-eu vi meu pai — e seus olhos se encheram de lágrimas.

— O homem tem uma alma imortal, André — disse Hiram, aproximando-se dele. — O corpo é que definha e apodrece com o tempo, expulsando-a da moradia. Mas nós, vampiros, dominamos a morte. Temos poder sobre todas as doenças, inclusive as que o homem ainda desconhece. Temos a possibilidade de ter um corpo imortal que nos acompanhará para todo o sempre.

André o escutava com atenção. Estava fascinado com todas as experiências que vivenciava ao lado de Hiram. Era simplesmente fabuloso estar ali, aprendendo sobre a vida e a morte junto à lápide daquele túmulo.

— Mas isso não é tudo — disse Hiram, gravemente. — Todo poder tem um preço. Em breve você aprenderá isso também.

André sentiu um arrepio. Ainda restava a terceira TREVA.

Eu
preciso
de
todo
o
amor
que eu
puder
obter.
Eu preciso
de
todo
o
amor
que eu
puder.

ANA PAULA TIROU OS ÓCULOS ESCUROS, FECHOU a porta do quarto, e jogou-se na cama. Estava com febre, seu corpo tremia com os calafrios. Estranhamente, já não era a primeira vez que isso acontecia. Na noite anterior vivera com Hiram um daqueles encontros sensuais. Havia sido tão exótico quanto os anteriores. Melhor até. Diferente. Emocionante. Rendera quase cinco páginas de relato em seu diário! Estava registrando tudo que vivia nesse namoro tão especial. E aquela vez... havia sido o máximo!

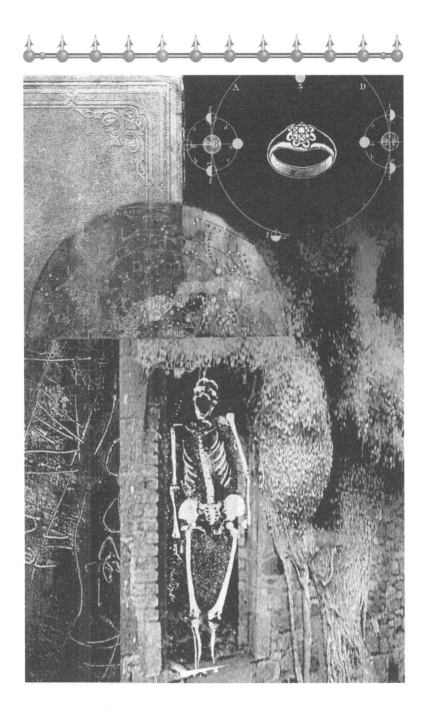

Ele alugara a suíte de um motel nos arredores da cidade. Haviam ido para lá de moto. Não tiveram problemas com perguntas sobre a idade dela na recepção, pois Hiram providenciara uma gorjeta especial ao atendente. O quarto era diferente... maravilhoso. Tinha o piso quadriculado em branco e preto. O banheiro e a pequena sala estavam decorados em tons de vermelho. Hiram pedira vinho ao camareiro e a levara para o terraço à luz do luar. Havia uma calha contornando a borda da piscina, por onde corria óleo perfumado. Depois de ficarem sós, e entrarem na cálida água borbulhante, Hiram apertou um botão. Imediatamente um círculo de fogo se formou em volta deles. E foi lá que ele a possuiu.

Eram amantes apaixonados. Seu corpo experimentava sensações que ela nunca imaginara sentir. Estava tão ligada a Hiram que, às vezes, de madrugada, imaginava vê-lo entrar pela janela do quarto, como uma sombra, e enfiar-se em sua cama para outra noite de amor. No dia seguinte amanhecia esgotada. Sem energia suficiente para se levantar.

Antes de adormecer, pensou ter ouvido a voz de Hiram chamando por ela, arrastando-a para a inconsciência.

DAIMON APOSTOU SUA ÚLTIMA FICHA.

— Caço a próxima pra você, se eu estiver errado.

Bóris achou a oferta tentadora.

— Posso escolher?

— É claro.

— Então está feito.

— Você vai perder essa, Bóris. Eu conheço o Luke. Ele está aprontando alguma.

— E o que nós temos com isso? Um vampiro não pode mais ter sua privacidade?

— Você sabe tão bem quanto eu que, quando se trata de Luke, devemos tomar cuidado. Ele é louco! Se já era louco antes da Transformação, imagine agora.

— O que você sabe sobre isso? — quis saber Bóris.

— Ele vai regularmente a esse lugar no bairro japonês há pelo menos dois meses. O que será que ele faz lá?

— Você parece uma velha intrometida.

— Sabia que ele anda roubando? Até me chamou uma vez. Entra pela janela das casas usa a *magia do sono* e consegue joias e uns trocados. Outras vezes, hipnotiza um cara qualquer, na rua, que lhe entrega tudo o que tem. Pra que ele precisa de tanto dinheiro?

— Eu não sabia que ele tinha esses poderes.

— Pois é — disse Daimon, preocupado. — Nem eu.

— E se contarmos pro Hiram?

— Não sei... Será que vale a pena provocar outra briga?

— É. Você tem razão — concordou Bóris, bebendo o resto da cerveja. — Está tudo tão calmo que é melhor deixar assim.

No entanto, Daimon não se iludia com a paz aparente. Ainda estava ponderando se era o caso de falar com Hiram. Na verdade, devia lealdade a Luke. E, se era assim, por que ia dedurar seu protetor? Afinal, ele o ajudava e defendia quando se metia em encrenca. Passou a ser temido por outros vampiros do clã porque todos sabiam disso. Por outro lado, por que Luke não dividia com ele esse segredo? Não merecia sua confiança?

— Vai esquentar a cabeça de tanto pensar — disse Bóris, levantando-se.

— É o que parece — Daimon concordou. Mas, no íntimo, resolvera investigar por conta própria aquela história. Depois que tivesse todos os fatos, saberia como agir.

— Amanhã é o dia da terceira *Treva* de André.

— O garoto tem se saído bem? — perguntou Bóris, interessado.

— Parece que sim.

— Aposto como ele vai desistir na última.

ANDRÉ ESTAVA MAIS NERVOSO DO QUE DE COSTUme. A terceira *Treva* era a definitiva, concluiria as provas da Iniciação. Já havia provado aos vampiros sua coragem e frieza, partilhara com eles a crença na imortalidade da alma. O que mais exigiriam que fizesse?

— Vai a algum lugar, filho? — sua mãe apareceu de repente, na porta do quarto.

— O quê? Ah, sim. Vou ao cinema com uns amigos.

— Você está bem? — ela disse, desconfiada.

— Claro — respondeu, disfarçando seu embaraço. Sua mãe, como Hiram, tinha um talento inato para intuir mentiras. Imagine se ela fosse uma vampira! Ninguém escaparia ileso.

ⁿILL O ACOMPANHOU ATÉ À CASA.

Pela primeira vez o haviam deixado ver onde moravam. Ela ficava perto do parque. Perto o bastante para manter uma ligação com ele, talvez um subterrâneo que desse acesso ao centro do bosque. André sabia que, sob o parque e a nova avenida, havia túneis e galerias desativados. Certamente restos de antigas construções, que ainda permaneciam intactos, sob a superfície.

Era uma casa comum, um sobrado — avaliou, ao subir os degraus que o levavam até à porta. Tão comum que lhe passara totalmente despercebida. A sala estava iluminada por velas e tinha uma decoração exótica. Muitos quadros, estatuetas de bronze e pedra, sofás de couro, peles de animais como tapetes sobre o assoalho de tábuas largas e escuras. Um grande lustre em forma de candelabro pendia do teto. As cortinas eram escuras e pesadas. Havia uma rede negra próxima à janela.

Hiram o aguardava sentado junto à lareira.

— Quer beber alguma coisa antes de começarmos?

— Não, obrigado — recusou André.

— Então sente-se aqui — disse Hiram, calmamente. — Vou lhe contar uma história.

Nill pegara duas taças, mas enchera apenas uma com o que parecia ser um vinho retirado de uma garrafa empoeirada. André sentou-se na poltrona ao lado de Hiram, diante do fogo.

— Há muito tempo os sacerdotes egípcios descobriram as propriedades sagradas do sangue. Vê aquela estatueta sobre a lareira? É Osíris, o deus dos mortos-vivos. A lenda conta que Osíris — o deus dos vivos — foi esquartejado e seus pedaços espalhados pelos quatro cantos do mundo. Ele desceu às profundezas do inferno e transformou-se também no deus dos mortos."

Nill serviu a Hiram um pouco da bebida que tomava. Após prová-la, Hiram recomeçou a falar.

— Vê aquele gato de pedra? — apontou mais além. — Para os egípcios tratava-se da encarnação da deusa que reinava sobre a magia vermelha. Ao invocarem sua divindade, diz-se que esta tomou a forma de um gato e que a luz que ela emanava tornou-se fluido, de cor vermelha. Esta é a origem do sangue para os antigos iniciados. A luz da deusa e o sangue são únicos.

André sentiu a garganta ficar seca.

— Acho que vou aceitar um copo de água.

— Você compreende o que digo? — perguntou Hiram, fazendo um sinal para que Nill fosse buscar água.

157

— Sim — disse André. — Já li sobre isso.

— Esta é a Tradição. Nós, vampiros, não temos outra finalidade senão a de reencontrar no sangue a vitalidade que permite a nossos corpos permanecerem jovens e fortes. Percebe que não temos escolha?

André não duvidava disso.

— Você partilhou do Conhecimento. Sabe que o homem tem uma alma imortal. Mas de que adianta isso se seu corpo perece? É preciso então, habitar novos corpos e, ainda assim, viver temente, pois seus atos terão repercussão em sua vida posterior. Não é isso que pregam algumas religiões? Mas nós não temos esse problema, que é humano.

Nill chegou com a água. André bebeu em silêncio, enquanto Hiram continuava a falar.

— Ainda assim, existem pessoas que não se importam com isso. Vivem insensíveis a essa verdade. Mas há outros, mais conscientes, que pesam suas atitudes e vivem o dilema de serem bons e maus. Assim constroem sua própria evolução. Mas entenda, não fazemos parte dessa evolução. Fomos escolhidos para existir, apesar do tempo. E ainda assim, temos responsabilidades.

— Responsabilidades? — surpreendeu-se André.

— Como a de decidir com quem partilhar o dom. Seres humanos especiais que possam usar o tempo e realizar algo realmente eficaz. Mas acredite, isso tem um preço e ele é alto. Muitos enlouquecem, outros se revoltam. Poucos entendem.

André concordou. Era remota a chance de alguém sobreviver a essa perda de humanidade.

— A seus olhos somos verdadeiros monstros — afirmou Hiram.

— Você é um monstro? — perguntou André, encarando-o.

Hiram sorriu.

— Primeiro notamos as diferenças que existem entre as pessoas e nós. Depois, começamos a notar as semelhanças. Para responder sua pergunta podemos fazer uma experiência.

— Uma experiência? — sobressaltou-se André.

— Sim. Uma regressão de consciência — explicou Hiram, levantando-se. — Apenas sua alma participará disso. Seu corpo ficará em segurança... aqui.

André estremeceu. Sabia que estar com a alma livre significava deixar o corpo indefeso, à mercê dos vampiros. Por um momento, sentiu vontade de ir para casa, privar-se desse novo conhecimento.

Hiram o encarou de modo intenso.

— Você me parece cansado. Por que não vai embora, dormir um pouco?

— Acho que sim... — concordou André, fitando o fogo que ardia na lareira.

Vamos pegar você!
Não pinte na área
senão leva chumbo,
não queremos ver sua cara.
Saiba que você vai perder
se quiser se meter com a gente.
Não apareça na rua
senão a bomba estoura
e vai sobrar pra você.
Não lutamos por ninguém!
Não lutamos por nenhuma
solução permanente!
Só lutamos porque é isso
que sabemos fazer!
É só o que sabemos fazer!
É só o que sabemos.

O HOMEM OLHAVA LUKE COM DESCONFIANÇA.
Só o aceitara porque havia muito dinheiro envolvido. Sua intuição lhe dizia que tomasse cuidado com ele. Muito cuidado. Pegou o incensário e ateou fogo às folhas de louro. Seu aroma contribuía para a meditação.

— É um aluno excelente — disse o mestre, lavando as mãos numa bacia dourada. — Aprende com rapidez. Concentra-se com facilidade.

Luke permanecia em silêncio, observando-o preparar o líquido mágico. Na verdade, sua tão elogiada concentração devia-se ao esforço contínuo para manter a mente fechada, livre de leituras inesperadas que delatassem sua verdadeira intenção.

— Já aprendeu a dominar várias magias, senhor Luke. Sente-se mais poderoso, agora?

— Acho que sim — respondeu Luke, se aborrecendo com tanto falatório.

— Vamos executar os passos da última lição. Se o senhor tiver sucesso, nosso treinamento estará terminado — disse o homem, com um alívio indisfarçável.

Luke pegou seu equipamento e começou a misturar a exata medida dos componentes da receita mágica. Acrescentou o líquido que o mestre preparara, as sementes que havia triturado e sua própria saliva, parte essencial para que a magia surtisse efeito.

— Posso me transformar em quem eu desejar? — perguntou, ansioso.

— Por um certo tempo. Lembre-se de que a duração da magia é de apenas uma hora, senhor Luke — ele explicou, observando com desdém os modos grosseiros do vampiro. Não iria falar sobre os riscos daquela prática. *Isso valeria mais dinheiro no futuro*, pensou.

A mistura logo começou a borbulhar. Luke deixou o líquido em ebulição durante alguns segundos. Pouco a pouco o vapor que se desprendia do caldeirão adquiriu densidade e sua cor transparente foi se alterando para um tom púrpura brilhante. Nesse momento, foi aspirado por ele de uma só vez.

— Agora concentre-se na fisionomia que deseja ter. Em poucos minutos veremos se deu certo. Vou me retirar por uns momentos, com licença — disse o mestre, saindo da sala.

Luke esperou estar sozinho e só então sufocou um gemido. Virou-se e levou as mãos à cabeça. O mal-estar era temporário, mas intenso, e mexia com todo seu corpo. Sentiu os músculos revolverem por debaixo da pele, se adequando à mudança pretendida. Suas roupas foram ficando mais largas, pois o corpo que agora habitava era mais magro que o dele. Seu couro cabeludo formigava enquanto os cabelos tornavam-se curtos e escuros. Olhou para as próprias mãos e sorriu. *Havia dado certo!* Observou as unhas limpas e bem cortadas, a pele fina e translúcida, as pequenas veiazinhas que agora faziam parte de seu novo corpo. Temporariamente. Nesse momento, ouviu vozes. Identificou-as num segundo.

Rapidamente, escondeu-se. Estava na hora da festa.

O MESTRE NOTOU O SILÊNCIO ASSIM QUE ENTROU na sala. O odor das folhas de louro confundia-se com o cheiro da poção mágica, mas ainda assim ele sentia um novo aroma no ar. Concentrou-se por um momento, para defini-lo melhor. A descoberta fez com que estremecesse.

Era sangue.

Pensou, alarmado, que talvez a experiência pudesse ter fracassado. No que exatamente aquele rapaz quisera se transformar?

— Senhor Luke? — chamou, enquanto caminhava pela sala imersa em sombras. As velas tinham se apagado... Não! Os castiçais haviam caído no chão. Agora, sim, podia vê-los logo adiante, atrás do sofá. Abaixou-se para pegá-los. Mas o que esperava por ele deixou-o com o estômago nauseado.

Dois de seus homens, fortes e bem preparados para a luta, estavam mortos numa poça de sangue que empapava o tapete. As gargantas estraçalhadas. Em seus rostos, a mais incrível expressão de medo.

Recuou, horrorizado. Um sentimento de pavor fez com que se levantasse e decidisse ir embora dali. Imediatamente. No entanto, assim que ficou em pé, foi agarrado por alguém... *Por ele próprio!* Nem pôde gritar.

O HOMEM QUE VIGIAVA A CASA VIU O "MESTRE" SAIR rapidamente pela porta dos fundos. Estava sozinho, seus guarda-costas não o acompanhavam. Achou estranho. Era a primeira vez que isso acontecia. Resolveu dar uma olhada para conferir se andava tudo bem.

"Uno-me à minha espécie
acima das escarpas.
Os recessos escondidos
ouviram o eco
na luz fria,
na escuridão.
Não na luz
do homem comum,
mas nos recessos
escondidos
na escuridão."

APÓS ALGUNS MINUTOS, A ESTRANHA BEBIDA QUE Hiram lhe oferecera começou a fazer efeito. Pouco a pouco André foi arrastado para um mundo de sonho e silêncio. Um universo estranho, onde as dimensões de tempo e espaço desafiavam sua compreensão.

"*Nossos átomos têm bilhões de anos. Temos bilhões de anos de memória na mente. Memória é energia. Pode ser reativada*" — a voz de Hiram estava dentro dele, guiando-o, como um farol numa noite escura.

Não se assuste. Você será lançado no vazio. Então verá um ponto que se transformará numa fenda. Essa fenda é a passagem.

André flutuava num mundo azul. Parecia estar miniaturizado diante de insetos enormes, cometas brilhantes, estrelas que explodiam em mil cores lançando fagu-

164

lhas silenciosas. Num momento, estava no ar. Em outro, mergulhava no oceano, seu corpo tornando-se liquefeito, uma infinidade de átomos de água. Viu criaturas de formas estranhas, plantas que pulsavam luz, vermes gigantes que se escondiam na terra, onde tudo era calor.

Seguiu um pássaro que o chamava, pelo nome, que tinha um rosto humano, não conhecido. Seu corpo emitia luzes furta-cores e ele voou, desaparecendo num ponto distante. Olhou mais além. Ali estava a fenda. Aproximou--se, curioso. Era bastante pequena, mas ele a atravessou.

Ventava. Ao longe via montanhas, vulcões. Superfícies imensas, inóspitas. Seres alados que percorriam o céu sombrio, soltando guinchos assustadores. Mais além, uma floresta. De repente, uma forma se aproxima. Muitas outras correm alvoroçadas atrás de algo. São *predadores.* Então, algo assustador acontece. André se sente parte deles.

...Está faminto! Começa a correr com os predadores pela pradaria perseguindo algo que saciará sua fome. Num minuto, estão sobre a caça. Seus dentes dilaceram a carne tenra, alimentam-se das entranhas, exultantes no sangue que jorra. Ele grita. Une sua voz à dos outros de sua espécie. Um imenso prazer o invade. Ele se sente parte do universo. Finalmente.

A LUZ DO DIA ENTRAVA PELA FRESTA DA PERSIANA do quarto quando André despertou. Assustado, olhou suas mãos. Não estavam sujas de sangue.

Mais aliviado, compreendeu que tudo não passara de um pesadelo. Certamente tinha ligação com a terceira *Treva*, a experiência sobre a qual Hiram falara na noite anterior. Precisou conter o mal-estar ao se recordar da experiência. As impressões daquela regressão ainda estavam em sua mente. Havia visto seres ancestrais exercitando a sobrevivência. Agiam segundo seus instintos em busca da autopreservação. Ele próprio sentira na pele a necessidade premente, a inevitabilidade de seus atos. A fome.

Aquela conclusão deixou-o horrorizado. Matara para se alimentar.

Condenaria os vampiros por isso?

Daimon entrou na casa sorrateiramente. O incensário ainda queimava. O odor das folhas de louro confundia-se com o intenso cheiro de sangue que pairava no ambiente. Seguindo seu faro, localizou o aposento onde estavam os cadáveres do mestre e de seus homens. Aquilo sem dúvida era obra de Luke, o insensato! Era fácil reconhecer a fúria do autor daquelas mortes.

Os corpos seriam encontrados em breve e isso causaria uma confusão dos diabos. Logo a polícia e os repórteres estariam ali, fazendo perguntas sobre o crime bárbaro. Algum mais esperto, começaria a buscar ligação com outros crimes semelhantes, muitos já ocorridos naquele bairro.

— Maldição! — exclamou, enquanto rastreava a sala em busca de alguma pista que pudesse delatar Luke. Não encontrou nada que o preocupasse, mas, por precaução, decidiu dificultar o trabalho da polícia e incendiar o local.

Subitamente, alguém apareceu à porta.

— Quem está aí? — gritou o homem, de arma em punho.

Daimon ocultou-se nas sombras da sala. Não iria permitir que ele disparasse a arma, caso o visse. Isso atrairia a atenção de alguém. Com a rapidez de um vampiro, saltou silenciosamente para o teto e esperou. Quando o homem se aproximou dos cadáveres, pulou sobre ele.

DAIMON VIU QUANDO O CARRO DE BOMBEIROS DESceu a avenida, a sirene tocando angustiadamente para pedir passagem. O pequeno grupo de pessoas que se juntava diante da casa foi dispersado em poucos minutos. Já era tarde, porém. O incêndio destruirá todas as provas de mais aquelas mortes, felizmente!

Começou a se afastar dali. Enquanto andava, foi analisando os fatos. Estivera certo o tempo todo, ao suspeitar de Luke. Finalmente compreendera o porquê de tanto segredo a respeito de suas atividades nos últimos tempos. Ele aprendera a *magia da transmutação*. Restava saber o que pretendia com aquilo.

— VOCÊ NOS COMPREENDE, AGORA QUE FINALIZOU as provas? — perguntou Hiram, antes de abrir a porta que os separava dos demais.

— Sim — disse André. — Um pouco mais.

— Você está certo — sorriu Hiram. — Ainda há tempo para entender o significado de nossa existência como vampiros. E a *sua parte* em tudo isso. Está nervoso por causa da cerimônia?

— Um pouco. Dá pra notar?

— Seu coração... Posso ouvi-lo — disse Hiram, oferecendo-lhe passagem.

Entraram num salão fartamente iluminado por velas. Havia uma névoa que permeava o lugar, dando-lhe um aspecto sobrenatural, ilusório. Vários vampiros estavam presentes.

Aquela era a Cerimônia Negra onde André, após ter conhecido as *Trevas*, seria apresentado ao clã como Guardião. Iria receber um nome secreto, um anel que o identificaria perante os demais membros e a partir daquela noite, feito o juramento, iniciaria seus estudos. Seu mestre e senhor, a quem deveria obediência enquanto vivesse, seria Hiram.

Havia muitos rostos desconhecidos. Luke, Daimon, Bóris e Nill observavam-no com curiosidade, divertindo-se, talvez, com seu ar de espanto. Segundo o Livro Maldito dos Vampiros aquela cerimônia representava um compromisso importantíssimo ligado às antigas tradições. Unia um ser humano a um membro do clã, estabelecia entre eles certos direitos e deveres, como uma espécie de vínculo de sangue.

O mais velho dos vampiros aproximou-se. Trazia uma pequena caixa nas mãos pálidas, esqueléticas. Todos se calaram quando ele começou a falar.

— A partir de hoje você estará vivendo sob nossas leis — disse a André, numa voz rouca. — Esqueça-se do que foi. Esqueça-se do que sabe. Uma nova vida espera por você, *se assim desejar.*

E retirou de dentro da caixa um anel, entregando-o a Hiram. Segundo as tradições, aquele era o anel da Iniciação, com a figura do escaravelho negro, o símbolo da imortalidade dos vampiros. Hiram devia ofertá-lo ao candidato a Guardião como prova do sucesso obtido na realização das *Trevas*.

Ele aproximou-se, com ar solene, e disse:

— A partir de hoje será meu Guardião e estará ligado a mim pelos Laços Negros deste compromisso.

André observou as estranhas criaturas que olhavam para ele. Elas realmente o fascinavam, eram o testemunho de suas crenças mais íntimas. Imaginou por um momento a quantos mistérios seria apresentado, a quais conhecimentos secretos teria acesso e o quanto isso modificaria sua pobre vida mortal!

— Você aceita esse compromisso? — perguntou Hiram, olhando-o com seriedade.

André compreendeu, naquele momento, que a sedução pelo poder não devia confundi-lo.

— Sim — respondeu —, mas com uma *condição*.

Um murmúrio de assombro percorreu o salão. Os vampiros se entreolharam, surpresos. Jamais um mortal impusera condições ao ser aceito. Mas aquele exigira a Troca. Embora fosse seu direito, não era usual.

— Qual a condição? — perguntou Hiram, sem alterar-se.

— Nem todos aqui sabem do seu relacionamento com minha irmã — explicou André, dirigindo-se aos vampiros.

— Quero sua palavra diante dessas testemunhas, sob pena de quebra deste compromisso, de que não a transformará numa criatura da noite.

Ouviram-se risos abafados por todo o salão.

Hiram havia intuído os sentimentos de André. Sabia o quanto ele temia por Ana Paula. Este sempre fora o seu medo essencial. No entanto, isso já estava decidido há tempos.

Os vampiros trocavam comentários sussurrados e aguardavam a resposta de Hiram, curiosos para ver qual seria sua decisão. Normalmente, as relações amorosas entre humanos e vampiros eram bem toleradas naqueles dias, mas todos eles conheciam o fim a que estavam fadadas.

— Eu prometo que jamais farei *mal* a ela. — disse Hiram, pegando a mão de André e colocando o anel em seu dedo.

Luke não pôde conter uma gargalhada.

DAIMON IMAGINOU QUAL SERIA A MELHOR MANEIRA de falar com Luke sobre o assunto. Dizer que o tinha visto entrar naquela casa não ia dar certo. Luke poderia acusá-lo de espionagem. Talvez pudesse dizer a verdade e, caso ele ficasse furioso, poderia lembrá-lo de que o havia salvo de uma encrenca daquelas! Daria certo?

— Por que está me olhando com essa cara de otário? — grunhiu Luke, enquanto descartava o jogo.

— Nada... Só estou achando você um pouco esquisito.

— Só *um pouco?* — ele brincou, dando uma gargalhada.

— Parece até feliz — Daimon arriscou. — Deve ter algum coringa na manga...

Luke parou de rir subitamente e o encarou, desconfiado.

— O que quer dizer com isso?

— Nada — disse Daimon, deixando de bater pela segunda vez.

— Vou dizer uma coisa — avisou Luke, com os olhos faiscando. — Meta-se com a sua vida, e não banque o esperto comigo.

— Ei! Fica frio, cara! Só fiz um comentário... Vai, joga aí!

Agora tinha certeza. Luke jamais poderia saber que alguém conhecia seu segredo. Decidiu não contar a ele, nem a ninguém, o que vira há duas semanas. Guardaria a informação para o futuro.

NAQUELA NOITE, O TELEFONE TOCOU POR VOLTA DAS dez horas.

— Alô!

— Quero falar com Ana Paula.

— Hiram?! — disse André, após um momento.

— Ana Paula está aí?

— Acho que já está deitada, dormindo.

— Ótimo! — ele disse. — Vamos acordá-la.

André achou graça, mas estranhou o modo como ele falava. Parecia estar embriagado.

— Está tudo bem, Hiram? — insistiu, pra ter certeza.

— *Ana?*

André compreendeu que ele não queria conversa. Colocou o fone sobre a mesa e foi chamar sua irmã. Bateu levemente na porta do quarto, e a abriu. Ana Paula estava escrevendo em seu diário. Ao ver André teve um sobressalto e fechou o caderno. Seus olhos estavam vermelhos e inchados. Ela estivera chorando.

— Hiram quer falar com você.

— Mas *eu* não quero conversar com ele.

— O que aconteceu? — perguntou André, surpreso.

— Nada — ela retrucou, emburrada, colocando o diário na gaveta do criado-mudo.

André ficou parado na porta do quarto, sem saber o que fazer.

— Não ouviu o que eu disse? — ela perguntou, enfezada. — Diga que eu estou dormindo!

— Já disse, mas ele pediu pra acordar você.

Ana Paula relutou por um momento. Em seguida levantou-se e pegou o telefone.

André fechou a porta do quarto e voltou pra sala, pensativo. Havia notado o mau humor de sua irmã durante todo o dia. Agora entendia o motivo. Eles haviam brigado. Mas, curioso como era, ao desligar a extensão do telefone não pôde resistir à tentação de escutar a conversa.

174

— O que você quer? — ouviu sua irmã perguntar.

— Vou passar aí pra te pegar.

— Não quero falar com você.

— Ana... *preciso ver você.*

— Não quero saber — ela disse, categórica.

A voz de Hiram tornou-se áspera.

— *Esteja pronta em dez minutos* — ele avisou, desligando em seguida.

André colocou o fone no gancho e voltou correndo para o sofá. Sem dúvida, era uma briga. Ficou imaginando qual seria o motivo.

Passado um tempo, Ana Paula apareceu na sala, com os olhos vermelhos. Estava pronta.

— André, quando a mamãe chegar, avise que tive de sair um pouco — ela disse, abrindo a porta.

— Ana... está tudo bem? — foi o que conseguiu perguntar.

Mas ela não respondeu.

LUKE DESLIGOU O TELEFONE E SORRIU.

Havia se saído muito bem. Aquela *magia da transmutação* era mesmo perfeita! Até a voz ele conseguira alterar. Nem o irmão daquela vadia havia notado qualquer diferença. Perfeito! O plano estava dando certo.

"Agora, vou saborear o troféu", pensou, ao subir na moto.

ANDRÉ VIU PELA JANELA QUANDO A MOTO PAROU em frente ao prédio onde morava. Ana Paula e Hiram conversaram durante uns minutos. Em seguida partiram em direção oposta ao parque. André sentiu uma sensação estranha invadir seu peito. Um mau presságio. Era como se estivesse intuindo a tragédia que estava para acontecer.

ELE A LEVOU ATÉ UM PRÉDIO EM CONSTRUÇÃO, UM lugar aonde iam habitualmente, quando a noite estava quente e o céu estrelado. Ficavam horas deitados na laje superior, olhando a lua e as estrelas. Ele dizia versos, ela ria e o abraçava, feliz da vida. Mas naquela noite o clima não era esse.

Dissera a Ana Paula que precisava conversar com ela em total privacidade, pois tinha uma revelação muito importante a fazer, e ela precisava ouvi-lo.

Subiram as escadas em silêncio, ele a guiava no escuro. Chegaram a uma pequena construção, feita para proteger o material ali estocado contra a chuva e o vento.

— Ana... — ele disse, aproximando-se dela com a intenção de beijá-la.

Ela virou-se, desencorajando-o.

— Você andou bebendo? — perguntou, rispidamente.

— Algumas cervejas... — ele disse, fingindo constrangimento.

176

— Como teve coragem de sair com aquela garota? — ela explodiu, ressentida.

Ele virou-se rapidamente para que ela não notasse a expressão cruel que havia em seu rosto. Armara aquela situação para provocar uma briga e, desse modo, atraí-la até ali. Agora só precisava bancar o arrependido.

— Ana, já disse que ela *foi* uma namorada. Coisa do passado. Mas não quer dizer mais nada pra mim. Só dei uma carona. Só isso.

— Não seja mentiroso! — ela rebateu, enfezada, encarando-o.

Ele a olhou com desejo. Ela ficava mais linda quando sentia ciúmes. Seus olhos tornavam-se brilhantes, o rosto adquiria mais força e expressão.

— Venha cá... — ele a puxou. — Vamos esquecer isso, está bem? Eu gosto só de você. Sabe disso, não é?

Ana não pretendia brigar com ele, *realmente*. Como era difícil resolver uma situação como aquela! E quando ele começou a beijá-la, sentiu sua resistência fraquejar.

— Vamos fazer as pazes — ele sussurrou em seu ouvido.

— Só se você me prometer que nunca mais fará isso.

Ele a abraçou mais forte.

— Vamos fazer as pazes... — ele repetiu, acariciando seus seios.

— Sim... — ela disse, entendendo o que ele queria.

Ele a virou contra a parede e começou a beijar sua nuca, morder seus ombros e apertá-la contra si. Ana sentiu seu corpo tremer de desejo, mas não estava se sentindo à vontade ali.

— Hiram... alguém pode nos ver.

— Não se preocupe. Estamos sozinhos.

Ela chegou a estranhar a impetuosidade de seus beijos, a pressa de seus carinhos, o modo quase brutal de tocá-la. Mas não houve tempo.

— Hiram... acho que não devemos...

— *Cale a boca!* — ele disse, num tom de voz que a fez gelar.

Ana Paula estremeceu. Havia algo naquele jeito de falar que provocou nela uma súbita inquietação.

— Me solta! — ela disse, desvencilhando-se dele, num tranco. Olhava-o, desconfiada e confusa, sem entender por que estava se sentindo insegura a seu lado. Era o seu namorado!

Hiram começou a rir. Depois, gargalhar. Ela nunca o vira agir desse modo. Ele parecia um louco.

— O que está acontecendo? — gritou, assustada.

Ele parou de rir e a olhou de um modo estranho.

— Tenho um segredo para contar, *Aninha*. Acho que você vai gostar da novidade. Observe isto.

A partir deste momento ela viu, horrorizada, as feições dele se transformarem. Seus olhos tornaram-se maus, brilhantes como fogo. A pele adquiriu um tom pálido, doentio, as mãos cresceram e, em sua boca, os dentes surgiram, ameaçadores. *Seu namorado se tornara um monstro!*

Ela começou a gritar.

— Você não me ama mais? — ele perguntou, aproximando-se dela. — Só porque eu sou um vampiro? Mas existem certas vantagens... você verá...

Ana Paula recuou, horrorizada, tentando compreender o que acontecia. Tropeçou e caiu, ao lado de uns sacos de cimento. Então, com o medo sufocando sua garganta, arrastou-se de gatinhas, tentando fugir, desesperada. Sua única saída era chegar até a escada. Estavam no sétimo andar daquele prédio deserto, mas talvez ela conseguisse descer alguns andares e pedir ajuda. Ali em cima ninguém a escutaria pedir socorro.

Com um impulso, levantou-se e começou a correr em direção oposta, onde havia a passagem para o andar inferior. Mas ele era tão rápido! Num instante suas garras estavam sobre ela rasgando-lhe a blusa.

— Não adianta fugir. *Vou pegar você!*

Ela agarrou um tijolo e ameaçou-o, tentando parecer corajosa. Estava acuada, transpirando de pavor.

— Se der mais um passo... — avisou.

— Você vai adorar isto, Ana — ele disse, com a voz alterada. — É uma sensação deliciosa. Vou transformar você numa companheira e tanto! Será minha para sempre. Venha, prometo que não vai doer. Farei amor com você e então... O que acha da ideia? — perguntou, olhando-a ardentemente.

Venha para mim!

Ana ouviu a voz dele em sua mente. Uma ordem. Começou a sentir um ligeiro atordoamento. Aos poucos foi perdendo o domínio da própria vontade e deixou-se comandar. O tijolo caiu de suas mãos e ela ficou indefesa, diante de seu algoz. Viu-se caminhando na direção daquele monstro, que um dia fora seu namorado.

Mas, nesse momento, algo aconteceu. Ele levou as mãos à cabeça, como se uma dor súbita o tivesse atingido. Imediatamente a ligação mental entre eles rompeu-se. Um vapor brilhante começou a desprender-se de seu rosto. Ele gemeu e contorceu-se, caindo de joelhos. Ana recuou, enojada. Não conseguiu conter a ânsia que subiu por sua garganta.

O rosto dele estava se desmanchando! A pele se soltara em algumas partes e por baixo dela a carne rosada parecia ter vida própria. Revolvia, borbulhava e se reconstituía de modo diferente, como uma horrenda máscara de terror. As feições haviam se alterado completamente. Era terrível! Parte de Hiram sobrevivia no mesmo rosto onde outras duas fisionomias lutavam entre si para ganhar espaço.

Ana compreendeu que aquele era um impostor. Alguém que quisera passar-se por seu namorado, alguém que queria machucá-la. Um monstro que agora caminhava em sua direção, decidido a arrastá-la para o inferno.

Ela começou a chorar. Não entendia aquela trama maldita, mas podia imaginar as consequências. Um turbilhão de pensamentos invadiu sua mente. Hiram não a magoara como

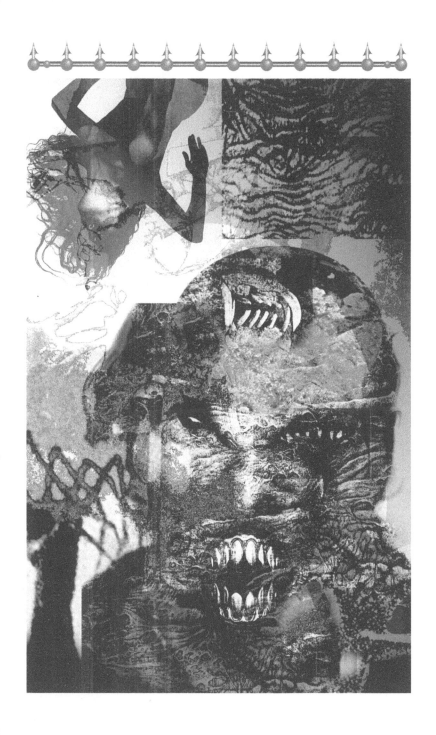

havia imaginado. Ele seria responsabilizado por mais aquilo. André certamente o acusaria, as evidências o apontariam como culpado. Mas ele fora traído... *traído!* — e esta conclusão deixou Ana sem opção. Pesou as consequências de seu ato, e preferiu arriscar-se. Tudo, por seu amor.

— *Vamos acabar logo com isso, Ana* — Luke grunhiu, a boca monstruosa com mais dentes que o necessário.

Ela não tinha escolha. Não iria ser atacada por tão horrenda criatura e, talvez, tornar-se tão abominável quanto ela. Preferia apostar alto, afinal, podia dar certo. Desesperada, reuniu toda a coragem que tinha e correu para a beirada do prédio.

Ainda ouviu o grito de ódio de Luke. Depois, só o silêncio.

LUKE ARRASTOU-SE PELA ESCADA, SENTINDO DORES terríveis em todo o corpo. Aquele maldito japonês o enganara. Omitira alguma informação valiosa sobre o líquido mágico... será que desconfiara dele?

"Desgraçado", pensou. "Merecia ter morrido lentamente."

Precisava dar o fora dali o quanto antes. Aquela ordinária havia pulado, estragando todo o seu plano. Agora precisava pensar nos próximos passos. Hiram estaria ocupado por um bom tempo. O bastante para ele desaparecer.

A rua estava deserta. Ele subiu na moto e fez com que ela deslizasse em silêncio até o fim do quarteirão. Depois deu a partida e sumiu na escuridão da noite.

Me dê o anel
me dê algo que eu perdi.
Mate o rei
quando amar for a lei.
Me dê um sonho de criança.
Você escuta o meu chamado?
Cante um sonho de criança.
Cante o fogo que me consome.
Cante o fogo que me consome.
Queima
Arde
Pulsa
como a dor
cicatrizando.

ANDRÉ OLHAVA PARA AS PESSOAS QUE PASSEAVAM pelo parque, distraídas. Elas nunca poderiam imaginar seus sentimentos nem as suspeitas que cresciam em sua mente. A morte de Ana Paula o atingira de maneira profunda. Sentia-se culpado por tê-la envolvido naquela tragédia, por mais insensato que isto pudesse parecer. Ainda não entendera completamente o que havia acontecido. *Por quê?* — era o que ele se perguntava, inconformado.

A testemunha que avisara a polícia era um guarda-noturno que, na ocasião, fazia a ronda do prédio em frente. Dissera ter visto a garota pular. Ninguém a empurrara. Mas André sabia que Hiram estivera com ela.

No entanto, ele havia negado qualquer participação naquilo. Negara o telefonema e até o fato de ter ido buscá-la. E tinha vários álibis. Naquela mesma noite estivera na presença de muitos humanos que já haviam falado com a polícia, inocentando-o de suspeita. Ele também parecia muito abatido com o que acontecera.

André não sabia mais o que pensar. Estava aturdido, chocado. A dor crescia dentro dele, cegando-o, atrapalhando seu julgamento. Tornava-o perigoso como um líquido inflamável diante de uma chama.

Haveria uma reunião, logo mais à noite.

O clã dos vampiros iria se manifestar.

ANDAVAM PELO SUBTERRÂNEO, CALADOS.

O encontro deu-se em outro bairro, longe da casa de André. Haviam vendado seus olhos, daquela vez. Era uma atitude cautelosa, por parte dos vampiros. Ele não tinha mais acesso às informações, pelo menos é o que percebera. As coisas haviam mudado.

A reunião contava com a presença de todos os vampiros do clã. Iriam analisar e julgar os fatos, decidir o que fazer diante daquela situação incômoda. Só então comunicariam aos chefes dos demais grupos o resultado do julgamento.

— *Julgamento?* — estranhou André.

— O que aconteceu é mais sério do que você pensa — disse Nill, trocando um olhar nervoso com Bóris. — Pode ser prejudicial ao tipo de relacionamento que existe entre você e Hiram. Pense bem no que vai dizer a eles. Mas seja sincero. É inútil mentir.

Após percorrerem o túnel que dava acesso à câmara secreta, entraram num espaçoso salão. Parecia um subterrâneo, era úmido e cheirava a terra molhada. Algumas velas brilhavam sobre blocos de pedra e caixotes velhos. Os vampiros aguardavam a chegada de André.

Hiram já se encontrava entre eles. Estava no centro do círculo, uma figura abatida e cabisbaixa, infeliz, sem nenhum brilho ou imponência. O mais velho vampiro começou a falar.

— André, Guardião de Hiram, o príncipe-chefe deste clã, herdeiro de Nicolas I, é verdade que suspeita de seu mestre?

André olhou para Hiram, assustado. Ele seria julgado por uma suspeita?

— Eu estou confuso — confessou André. — Não sei o que dizer.

— Nossas leis são bem claras para nós, meu rapaz. Não há espaço para dúvidas. A credibilidade do Guardião em seu mestre é algo respeitado e muito valioso para nós, vampiros. Precisamos esclarecer esta situação imediatamente. E para decidir o futuro de Hiram devemos ter certeza do que ocorre em seu íntimo — disse o velho vampiro, encarando-o com autoridade.

André tentava raciocinar com clareza, mas, em sua mente, os fatos envolvendo a morte de Ana lutavam contra os sentimentos gerados por sua promessa de lealdade a Hiram. Era um pesadelo!

— Não me sinto como antes — disse André, desesperado. — Estou sem condições de acreditar na inocência de meu mestre. Não sei de mais nada...

Houve um início de tumulto entre os vampiros.

— Deixe Hiram falar — gritou Nill energicamente. — Deixe Hiram falar!

Muitos dos presentes concordavam com Nill, outros desejavam pressionar André a tomar uma decisão apressada.

— Silêncio! — gritou o velho vampiro. — Vamos ouvir Hiram.

Ele aproximou-se de André. A expressão de seus olhos mostrava aflição, dor e desapontamento. Era difícil para ele humilhar-se daquela maneira, diante de todos.

— Eu alego inocência! — disse Hiram, após um momento. — Não estou envolvido na morte de Ana. Eu a amava. Jurei que não faria mal a ela. Este voto foi respeitado, por mim e por todos que me seguiam. A menos que... — e voltou-se, intrigado. — Há alguém aqui presente que possa me ajudar a esclarecer o que aconteceu? — perguntou, quase suplicante, percorrendo com o olhar a plateia silenciosa.

Os vampiros se entreolharam. Daimon abaixou a cabeça, envergonhado. Compreendeu que sua atitude temerosa havia contribuído decisivamente para a gravidade da situação. Mas como ia imaginar que as coisas fossem ficar tão complicadas?

— Bóris… Nill… — o olhar de Hiram rastreava a mente de seus seguidores em busca da verdade — … *Daimon!?* Você sabe de algo?

Daimon não conseguia encará-lo. Hiram se aproximou, certo de que ele tentava ocultar fatos que conhecia. Daimon recuou, aflito, ao sentir-se invadido pela força da mente de Hiram. Ele ia descobrir a verdade! Saber que era uma criatura fraca, ambiciosa e covarde.

— *Foi Luke!* — ele gritou, cambaleando.

Houve novo tumulto entre os vampiros.

— Luke?! — Hiram exclamou, com ar feroz. — E onde ele está? Onde ele está agora?

— *Não sei!* — gritou Daimon. — Ele fugiu! Certamente ele fugiu!

— *Diga onde ele está, seu traidor covarde!* — gritou Hiram, pulando sobre ele, transtornado. Agarrou Daimon pelos cabelos e o arrastou para o centro, diante de todos. Já estava transformado. Seu rosto não era o mesmo, tornara-se um monstro selvagem pronto a trucidar o inimigo.

— Diga agora mesmo onde ele está, senão eu o destruirei, seu irresponsável!

— E-ele... ele se escondeu...

— ONDE? — gritou Hiram, com olhos faiscantes.

— Nos esgotos... — balbuciou Daimon — ... daquele colégio abandonado, aonde costumávamos ir.

— *Vamos buscá-lo!* — gritou Nill.

— *Sim! Vamos pegar aquele verme!* — berrou Bóris, levantando-se. — *Quem quer nos acompanhar?*

— NÃO! — gritou Hiram, antes que eles saíssem. — *Eu* quero encontrá-lo. Mas, antes... — disse, voltando-se para Daimon — ...vou acertar as contas com você!

— *Pare, Hiram!* — gritou o velho vampiro. — *Eu o proíbo!*

Mas Hiram não o ouviu. Agarrou a cabeça de Daimon e, com um movimento preciso, a forçou para trás, expondo seu pescoço, frágil como o de qualquer mortal. Estava possuído por pura fúria. Cego pelo ódio.

— *Pare! Eu o proíbo!* — gritou o velho vampiro, levantando-se.

Tudo aconteceu em segundos.

Hiram afundou a boca na garganta de Daimon e seus dentes estraçalharam a carne macia, tão profundamente e de um modo tão violento, selvagem, até a cabeça tombar para trás, livre do corpo.

Hiram ergueu-a pelos cabelos e fez o sangue jorrar sobre o próprio rosto. Estava transtornado. Avançou para os demais exibindo a cabeça do vampiro traidor como se fosse um troféu. Respingos do sangue de Daimon atingiram os rostos dos vampiros, causando um furor inesperado na horrenda plateia.

— *Não a matei! Não a matei!* — gritava Hiram, desesperado. — *Ele é o traidor! Luke é o traidor!*

André havia se encostado na parede fétida. Suava frio e tremia, chocado com a cena pavorosa. Os vampiros gritavam, alucinados. Muitos deles haviam se transformado também. Começou a temer por sua vida. Era o único humano ali, um Guardião que negara o compromisso, desafiara seu mestre, duvidara dele diante de seus seguidores.

O que iria acontecer agora?

Nesse momento, Hiram foi atingido por uma luminosidade que o fez estremecer. O velho vampiro havia pedido ajuda a Nicolas. Só ele poderia deter aquele comportamento insano e a força descomunal do príncipe do clã.

— *Basta, Hiram!* — disse o vampiro-mestre, enfurecido. — Sua indisciplina insultou minha autoridade! Você não será julgado pelo que não fez e, sim, por destruir um filho do próprio clã!

O silêncio tomou conta do salão. A luz das velas bruxuleavam malignamente quando o velho vampiro ergueu seu Anel, símbolo da máxima autoridade.

— O compromisso entre você e seu Guardião humano está abalado. Proponho que seja desfeito, aqui, diante de todos. Ele agora representa uma ameaça para nós. Sabe o que desconhecia: nossos refúgios secretos, nossos rostos humanos, algumas das leis que nos regem.

Todos olharam para André. Apenas Nill e Bóris colocaram-se entre ele e os outros para protegê-lo.

— Quero que o mate! — disse o velho.

— *Não!* — gritou Hiram. — *Isso não!*

— É uma ordem! Obedeça! Só você pode fazê-lo! É a Tradição, não podemos agir de outro modo!

— *Não vou fazer isso!* — rebelou-se Hiram. — E proíbo que outro vampiro o faça. Luke é que deve ser destruído. *Ele* é o traidor!

O velho vampiro abaixou a mão e olhou para Hiram demoradamente. Seu rosto tornara-se frio e cruel, como uma máscara de ferro.

— Então será expulso deste clã — sentenciou, com uma expressão sombria no olhar.

— O *exílio!* — gritaram os outros vampiros. — O *exílio!*

— Fique com Hiram — Nill sussurrou para Bóris. E então agarrou André pelo braço e rapidamente tomou a direção de um corredor escuro. Passaram por uma passagem secreta e correram por outro túnel, que terminava num portão. Nill forçou as grades de ferro. Elas cederam com facilidade. Atravessaram um gramado até chegar ao carro estacionado.

— Entre aí.

André abaixou-se no banco de trás e eles saíram, em disparada.

HIRAM ATRAVESSOU O PÁTIO DO COLÉGIO. A LUA cheia brilhava, única testemunha de sua vingança. Estava tomado por um ódio tão absoluto e feroz que sentia o corpo pulsar, latejante. Havia perdido tudo. Poder e autoridade diante de seus seguidores. A credibilidade do próprio Guardião, a direção do clã, o amor da garota que amava. Em seu corpo morto-vivo a revolta era o alimento que conduzia suas atitudes.

Envergonhava-se tão profundamente do tumulto que causara com a morte de Daimon! Tudo ocorrera tão rapidamente, fora de seu controle, tão distante do ideal de líder que ele havia prometido a Nicolas, certa vez.

Mas o culpado seria caçado. Era isso que ele viera fazer ali.

Justiça.

Entrou pela abertura que dava acesso ao porão e andou silenciosamente pela sala. Com seus olhos de vampiro distinguiu entre as sombras alguns móveis destruídos, lixo, grandes ratazanas que fugiam, assustadas com sua presença. Forçou a passagem de uma porta velha e alcançou o corredor.

O colégio estava em silêncio. Mas ele podia ouvir a frequência de uma respiração, uma presença que se ocultava, mais além. Seguiu seu rastro pelos corredores até parar diante de uma porta.

O cheiro era insuportável. Pairava denso no ar, um aroma de podridão e sangue. Próprio do verme que ali habitava.

Ouviu uma sonora gargalhada. O som entrou por seus ouvidos como um convite selvagem. Meteu o pé na porta e penetrou na escuridão.

— *Então... você veio me busscar.*

A voz era diferente. Havia um eco, um sibilar que acompanhava cada palavra.

— *Esstou aqui, Hiram. À ssua esspera.*

A criatura arrastou-se até a janela, onde a claridade da lua podia atingi-la. Era Luke! Não, não era Luke! Era um ser completamente disforme, monstruoso. Sua aparência era terrível. Havia mais que dois olhos a fitá-lo, e eles estavam em lugares diferentes do usual.

Hiram precisou conter-se. Era repugnante. O ser horrendo falava com várias bocas, e tinha conservado metade do nariz. Não podia respirar direito, por isso mantinha os lábios abertos para aspirar o ar. Um líquido gosmento escorria por sua face e ele lutava para afastar as moscas que insistiam em perturbá-lo.

— *Não imagggina como issso dói* — ele gemeu, antes de ter um acesso de tosse. Cuspiu sangue e alguns dentes pelo chão.

Hiram mal conseguia falar. Não esperava encontrar Luke daquele jeito.

— *Esstava essperando porr você* — as várias bocas se moviam em tempos diferentes. — *Faça esste favor a sseu velho inimigo.*

Hiram chutou-o no estômago. Ele desabou no chão, como um saco de roupas sujas.

— *Isssso messsmo!* — a criatura rosnou, feliz. — *Foi ssensssacional fazer amor com ela. Tão sssedutora e delicad...*

Seu algoz avançou para ele.

O soco arrancou novos dentes de uma de suas bocas e o jogou alguns metros adiante.

— *Não tem importância...* — ele disse, sorrindo. — *Eless nasscem todos oss diass... venha, me mate! Eu a empurrei! Eu a empurrei!*

Hiram foi tomado pelo desespero, sua mente começou a forçar a barreira da mente de Luke. Ele resistia. Não permitia o acesso. Mas Hiram concentrou forças e conseguiu invadi-la.

— *Pare!* — Luke gritou. — *Você não vai vê-la!*

Hiram estava decidido. Queria participar do último momento de Ana. Agarrou a cabeça monstruosa e penetrou em sua memória. Como num transe, viu que Luke não a havia tocado como dissera. Viu Ana em desespero, descobrindo-se traída, compreendendo que ele não tivera culpa, chamando seu nome, decidindo fugir do monstro que a ameaçava. Sentiu o medo, o salto para a morte, o vento a soprar em seu rosto. Seu amor por ele. A escuridão.

Gritou enquanto empurrava aquele verme asqueroso para longe, como um garoto assustado diante do bicho-papão.

— *Seu desgraçado!*

— *Sim... ssimm...* — Luke dizia, aguardando o golpe final.

Hiram chorou a morte de Ana, como um ser humano o faria. O peso da traição, das consequências de seus atos fazia seu peito doer. Como ele a amava!

— *Vamoss, Hiram... Desstrua-me!*

Hiram olhou com desprezo para aquele demônio suplicante. Subitamente, mudou de ideia. Sim.

Já estava decidido. O pior castigo, o mais implacável e cruel seria dado a Luke.

— Não farei isso, Luke. Não destruirei você. Não do jeito que pensa e quer.

— *O que dissse?*

— Você me ouviu — disse Hiram com frieza. — Estará condenado a vagar pela eternidade exatamente assim como está... o monstro que na verdade é.

— *Não faça issso comigo...* — a criatura implorou.

— Ninguém estará autorizado a destruí-lo sem o meu consentimento.

— Por favor...

— Você terá graves problemas para se alimentar, perderá, aos poucos, os seus poderes e viverá escondido nesta vida de sombras, nem humano, nem vampiro, nem... *nada!* Você não significa nada.

— *Eu sssuplico!*

— Você é tudo que eu preciso esquecer — disse Hiram, recuando até a porta. — Se tiver a coragem de Ana, destrua-se. É o mínimo que pode fazer!

Luke arrastou-se até ele. Um ser que merecia apenas o desprezo. Agarrou-se nas pernas de Hiram, gemendo, pedindo, suplicando que o matasse.

— Adeus, Luke — disse Hiram, soltando-se com um tranco.

Caminhou até o fim do corredor ouvindo os lamentos, os gritos de desespero de seu inimigo derrotado. O ar da noite refrescou seu rosto pálido e lindo.

A lua iluminou as lágrimas que ele não pôde evitar.

MUITO TEMPO SE PASSOU, DESDE O DIA, EM QUE Hiram fora exilado.

Um tempo de dúvidas e incertezas.

Um tempo de solidão e tristezas.

Um tempo de revolta e de dor.

No entanto, o tempo é sábio. É senhor das almas.

Em seu infinito movimento, tudo coloca em perspectiva.

Silencia a dor.

Esmaece lembranças.

Cicatriza feridas.

Modifica olhares.

Renova palavras.

Restabelece ânimos.

Em seu infinito movimento, rege novos reencontros.

E segue.

Generoso para uns.

Indiferente para outros.

Nunca cruel.

NICOLAS MANDARA CHAMAR ANDRÉ PARA O ENcontro. Hiram havia partido há quase uma década, destruído pelo descrédito daqueles que liderava. Agora o clã estava completamente perdido. Necessitava de sua presença para comandar aqueles que aguardavam pelo Retorno.

— Estaria disposto, André? — perguntara, rastreando-lhe a mente. — Estaria disposto a retomar caminhos que abandonou?

André aceitara o encargo. Afinal, era um *Guardião*. Sobrevivera todos aqueles anos como se devesse algo a si mesmo.

Agora, a compreensão vencera os obstáculos. As emoções tumultuadas deram lugar à consciência de que não havia outra coisa a fazer. Era hora de recomeçar. Restabelecer o equilíbrio. Resgatar o que se perdera naqueles anos de dúvida e sofrimento.

Humildemente pediria perdão por seu julgamento apressado, pela imaturidade que guiara seus passos de menino, embora ele fosse apenas um menino em busca do próprio caminho.

Percorrera uma longa estrada, havia crescido. Mas a lealdade ainda pulsava em seu coração.

Já nem sei por quanto
tempo eu o procuro,
escondido nas sombras dos becos,
na cova profunda de uma sepultura,
pelas florestas, cavernas,
porões sombrios.
Através da escuridão
que abriga a eternidade,
no sopro do vento, no gemido,
em cada raio de lua sobre o mar.
No silêncio, no voo solitário,
oculto no êxtase de um olhar.
Já não importam as noites
não dormidas,
os dias intermináveis
que terei de suportar,
todos os equívocos que já cometi,
ou ainda as certezas que perdi.
O tempo é amigo das grandes causas.
Alimenta.
Alivia.
Transforma...
No entanto, jamais esquece.
Tece sua teia incompreensível
aos olhos cegos e insensíveis.
Sim, eu o procuro!
Apesar disso, eu sei.
Eu o encontrarei.
(Juro que o encontrarei.)

Sobre o Livro dos Vampiros

"Houve um tempo em que os vampiros eram algo tão corrente como a erva dos campos e os grãos de trigo...

Seu império era a Noite, e se mesclavam com a gente de paz."

(velha narração popular romena)

No ano da Graça de 1239, o monge Andrea Tepescu, do Santo Mosteiro de Grigorion (no Athos, Grécia), exumou o corpo do amado monge Nicolas de Valcea.

Nicolas faleceu em 1211, com a idade de 87 anos. Era o bibliotecário do mosteiro e perito em iconologia. Junto a seu incorrupto cadáver, Andrea encontrou uma caixa de chumbo com uma estranha inscrição:

$$\text{Βαβιλασ ψαξ Νοσφ+ερα+το}$$

Levando a caixa ao seu aposento, Andrea a abriu com muito cuidado. Um manuscrito antigo, escrito em grego arcaico, se revelou. Assim dizia:

Babilas psaks Nosf+era+to

As duas primeiras palavras eram estranhas, mas a terceira fez gelar o coração de Andrea. Dia após dia ele traduziu o manuscrito e o resultado final foi perturbador. Ele descobrira um livro proibido.

O livro contava sobre seres malditos: Stigoi, Moroii, Varcolaci. Todos os Filhos do Dragão estavam ali mencionados, bem como todas as suas monstruosidades através dos séculos passados e futuros!

Andrea ficou pensativo. Parecia que a alma de Nicolas o escolhera para continuar uma grande missão.

Um ano depois, o monge Andrea abandonou o mosteiro e dirigiu-se a Bucarest. Alugou uma pequena casa, reuniu mantimentos e, finalmente, partiu para Gyor.

Era 24 de janeiro de 1240, Dia de São Babilas. Em Gyor, o tirano Stephanos Psaks espalhava o terror por toda a região.

Sobre a trilha sonora deste livro...

"Escrevo ouvindo música. Sempre.
A música completa as entrelinhas da imaginação."

Texto da página 6 — Tema de **Os noturnos**
Foi inspirado pela música *I still believe*, by Tim Cappello, The Lost Boys. (Ouçam!! tem o clima desta história!)

Texto da página 70 — Foi inspirado pela música *Love Remembered*, do filme *Bram Stoker´s Dracula*, de Francis Ford Copolla.

Texto da página 85 — Foi inspirado pela música *Temple of Love*, by Sisters of Mercy.

Texto da página 91 — Versão da autora para a música *Come to me*, by Brad Fiedel, do filme A hora do espanto.

Texto da página 116 — **Tema de Hiram e Ana Paula**, foi inspirado pela música *Is this love?*, by White Snake.

Texto da página 133 — **Tema de Ana Paula**, versão livre da autora para a música *The principles of lust*, by Enigma.

Texto da página 150 — **Tema de Hiram**, versão livre da autora para a música *More*, by Sisters of Mercy.

Texto da página 160 — **Tema de Luke**, versão livre da autora para música sobre gangues juvenis.

Texto da página 164 — Poema de E. Pound.

Texto da página 184 — **Tema de André**, versão livre da autora para a música *This corrosion*, by Sisters of Mercy.

Texto da página 201 — Foi inspirado pela música *To die for*, by Cliff Eidelman.

Todas essas músicas, e outras como: *The hunger e Son of darkness* (Vampire Circus), *The killing moon* (Echo & The Bunnymen), *Carly's song* (Enigma), *1492* (Vangelis), *This city never sleeps* (Eurythmics), *Body and soul* (Sisters of Mercy), *Don't talk to strangers* e *Rock'n 'roll children* (Dio), *Crazy* (Seal), *In the midnight hour* (Wilson Pickett), *You can't hide the beast inside* (Autograph), *Don't stop the dance* (Brian Ferry), ajudaram a autora a inspirar-se para a criação desta história.

CONFISSÕES DE UMA AUTORA

*Escuridão
lua branca infinita
tinge meus sonhos de sangue
braços na noite maldita...*

Escrever sobre vampiros foi algo que muito desejei.

Esse mito sempre exerceu um grande poder sobre mim. Sempre me fascinou. Desde criança esse estranho ser imortal me seduz, rouba minha atenção. Sua figura misteriosa e solitária povoa minhas fantasias e me faz sonhar com a possibilidade da vida eterna.

*Este poder desatina.
Consome,
sufoca,
alucina...*

Vampiros são violentos, melancólicos, sensuais. São seres amaldiçoados e poderosos. Para conhecê-los é preciso, antes de tudo, ser capaz de saborear o clima de perdição em que se encontram. E, então, amá-los.

Durante todos esses anos li o mais que pude. Vi todos os filmes, fiz inúmeras pesquisas, conversei com muitas pessoas, parceiras de cabeça, caminho. Cúmplices na sedução.

Sedento

reclamo

teu cheiro

quente, doce, vermelho

E foi numa tarde ensolarada que entrei na videolocadora para escolher mais um filme. Hiram surgiu por entre as estantes, com um sorriso maroto e o comentário preciso de um observador atento.

— *Outro filme de terror? Você já tirou mais de cem! Qual é o seu problema?*

Ficamos amigos no ato.

Falei da minha paixão, e quem acabou apaixonado foi ele. Trocamos telefone, pois vejam só a coincidência: ele também curtia vampiros!

Ele fazia teatro e estava terminando um texto justamente sobre o tema. Eu até li. Mas era uma comédia. E eu não gostei de ver aquilo, meu mito em uma história engraçada.

Mas continuamos amigos, apesar disso.

Hiram me ajudou muito. Ele me ensinou a fazer um jogo, uma espécie de laboratório com a história. A gente representava as ações de cada personagem, interpretava os diálogos como se fôssemos os próprios. Ele também exigia que o texto tivesse força, verdade, *a energia de um palco*. Eu não compreendia muito bem o que era aquilo (naquela época eu não fazia teatro), mas fui me acostumando com o pique. E gostando também.

Sinto o pulsar,
o calor,
feito louco
anseio...

Então peguei o jeito.

Bem na hora, porque Hiram mudou-se. Se foi. Mas deixou comigo seus discos e fitas, e a ideia da trilha sonora que acabei desenvolvendo quase sem perceber. Essa história também é para *ser ouvida*.

Comecei a fazer meus laboratórios de criação (sempre faço isso quando escrevo): Estudei RPG, explorei cavernas, passeei no parque à noite (o parque existe, mesmo!), curti o entardecer em Monte Verde (é demais!), visitei bares *darks* da cidade (uma aventura), participei de palestras sobre vampirismo com o Edmundo (meu querido e sinistro consultor), ouvi Sisters of Mercy e Enigma durante horas seguidas para depois escrever, escrever, escrever...

Rasante sobre teu corpo,
madrugada
amada,
seduz...

Eu respirei essa história durante quase dois anos. Carreguei-a para cima e para baixo (pastas e fichas de anotações, gravador e livros de pesquisa) como se fosse um ser em gestação. Ela se tornou parte de mim, algo que sobrevivia além de mim... uma misteriosa presença que me despertava à noite sussurrando em meu ouvido nomes de novos personagens que eu nem sonhava em criar, solucionando passagens da trama, me fazendo vibrar ao entender sua verdadeira intenção.

Tudo é fruto de uma procura. Incansável e verdadeira.

Escrever, madrugada após madrugada, até os primeiros raios do sol começarem a queimar minha pele...

Brilho.
Luz.

Flávia Muniz